森鷗外

Mori Ogai

今野寿美

笠間書院

『森鷗外』——目次

凡例

一、本書には、森鷗外の歌四十八首を載せた。

一、本書は、わかりやすい解釈を特色とし、歌人鷗外の軌跡を一望することに重点をおいた。

一、本書は、次の項目からなる。「作品本文」「出典」「口語訳」「鑑賞」「脚注」「略年譜」「筆者解説」「読書案内」。

一、テキスト本文は、二冊の単行本については日本近代文学館刊行の複刻版（『うた日記』昭和55年6月刊・第10刷、『沙羅の木』同12月刊・初刷）を使用し、単行本未収録の作品は、『鷗外全集』第十九巻（岩波書店・昭和48年5月）に拠り、『うた日記』の総ルビは適宜省いた。

一、原典および引用資料中の正漢字は、人名以外、基本的に新漢字に改めた。

森鷗外

はじめに

文豪・森鷗外には、詩歌集として刊行した『うた日記』（春陽堂・明治40年9月）があり、日露戦争従軍時の新体詩、短歌、俳句、翻訳詩等の作品を収めている。また『沙羅の木』（阿蘭陀書房・大正4年9月）には翻訳詩、翻訳の戯曲、詩作品に加え短歌「我百首」を収録。鷗外は韻文の領域において主に翻訳詩によって定評も人気も得たが、短歌という詩型にも並々ならぬ意欲と愛着を示し、かつその思いを一生維持していた。

単行本に収められなかった短歌は『鷗外全集』第十九巻（岩波書店・昭和48年5月　以下、本文での「全集」は、この版をさす）の「短歌」の項によって知ることができ、ここには習作期のものから書簡・日記中のもの、新聞・雑誌発表のもの、私的に設立された月例歌会常磐会及び観潮楼歌会でのものが含まれている。

作品数を記しておくと、『うた日記』の三三四首（長歌の反歌も含む。仏足石歌、旋頭歌ならびに翻訳詩一篇を短歌四首に近いかたちで構成した例もあるが、含めなかった）、『沙羅の木』の百首、それら以外の全集収録作五四三首。総計九七七首が、現時点でみることのできる鷗外の残した短歌作品ということになる。

その鷗外短歌から四十八首を選び、鑑賞を試みた。おおよそ制作年代順に従い、時代的背景、鷗外の個人的状況に照らしながら読み進めたが、その過程で何より興味をそそったのは鷗外の短歌観・表現法の変遷だった。もちろん源には鷗外の短歌に向ける飽くなき執着がある。加えていえば、陸軍軍医としてその地位を極めるなかで人間関係を万全に構築する潤滑油として短歌は少なからず功を奏したらしく、その意味の短歌の効用と自身の短歌観との間での葛藤もほの見える。そんな屈曲が、歌の総体とその多様な姿には如実にまつわっているようであった。

短歌に向ける愛情と熱意、それゆえの悶着が読み取れるおもしろさは、作品個々の美質や魅力とは別の要素でもあるだろう。しかし、文豪と呼ばれる鷗外が、多面的かつ膨大な実績を残すなかで、短歌という小さな詩型を終生身近にしていたと思えば、それだけで感慨を覚えるし、じゅうぶん読む価値がある。短歌をめぐる鷗外その人の意識の流れに焦点を合わせるとき、新たな側面や微妙な内面に触れるような気がする事実は、誇張でもなんでもなくスリリングであった。

鷗外は歌を詠むことが、よほど好きだったのだと思う。最終の短歌作品は「奈良五十首」だが、その一連が大正十一年一月の雑誌「明星」に掲載されて半年後の七月九日、永眠した。鷗外の最期の作品の執筆、掲載は五十首の短歌なのだった。

なお、短歌といえば本来、長歌に対する短い三十一音の詩型の名称であり、明治三十年代まで、一般に歌を詠むという場合の〈歌〉は、短歌でありつつ和歌と称していた。これは、短歌、長歌、旋頭歌、仏足石歌などの総称として漢詩に対置する意味で和歌（わか・やまとうた）といった時代からほどなく、歌体としては短歌が主流となった流れを受けて、和歌といえば短歌をさす時代がつづいたことのなごりである。明治時代半ばまで、歌すなわち和歌という認識はつづき、鷗外も青年期に学んだのは〈和歌〉であった。やがて和歌革新の趨勢に乗り、明治三十年代には〈和歌〉に替わって〈短詩〉〈短歌〉の称が混在するようになるが、明治の末には〈短歌〉で落ち着いてゆく。鷗外の書簡などにおける発言を追うと、歌人としての営為により意識的になってゆく明治三十年代、ことに日露戦争の陣中では、新派を意識して〈短詩〉を採用しているが、多くの場合〈歌〉とのみ記している。

01

庭上鶴馴

ゆたけさをよすて人にもことつてよくもゐのにはになるゝあし田鶴

宮中の庭にすっかり馴れた鶴の立ち姿が美しい。この繁栄の光景は、ぜひとも伝えてほしい。世捨て人にまでも。

全集第十九巻にまとめられた「短歌」の作品は、この一首によって始まる。脚注に「小金井喜美子蔵短冊。明治一三年カ」とあり、青年森林太郎が八歳下の妹に揮毫して与えたものであるらしい。脚注に従えば林太郎（満）十八歳、喜美子十歳の年である。喜美子はのちに訳詩集『於母影』*の訳詩者の一人となるなど、林太郎の文学的同志に等しかった。

全集第三十五巻「自紀材料」にみえる和歌についての記載の最初は「明治十四年十二月明治歌集の料にとて歌稿を橘東世*に送る。」という一行である。併せ考えれば、学業のかたわら作歌意欲旺盛な十代後半だったのだろう。

八角真（ほすみまこと）「観潮楼歌会の全貌」*（『明治大学人文科学研究所紀要』第一冊・昭和三十七年）

【出典】『鷗外全集』第十九巻

【語釈】○ゆたけし―ゆったり、ふっくらのイメージ。あるいは豊か、繁栄のさまをいう。○くもゐ―雲、雲のある空、また雲のうえをさすことから宮中の意。○あし田鶴―多く葦の水辺にいることから鶴のこと。

*於母影―明治二十二年八月、「国民之友」第五十八号夏季付録として刊行され

によれば、この歌の「庭上鶴馴」は「勅題」とのことである。そこで調べたところ、明治十三年一月の宮中歌会始のお題であった旨、口頭による回答を得た。お題は「庭(には)に鶴馴(つるな)れたり」と読むという。前年十一月のお触れによれば華族、士族、官位ある身等に詠進が許されていた。

詠進者として森林太郎の名が残されている事実はないという。東京大学医学部に在学中であったが、漢詩・漢文のほか、和歌を福羽美静*、加部厳夫*に学んでいた。卒業後の明治十五年二月に従七位に叙せられていることからすると、詠進の事実より林太郎が勅題を意識して詠んだ一首とみるべきだろう。歌意にもそれは反映されていると考えられ、「くもゐ」を宮中と理解したのは、それに基づいている。一首としては勅題の鶴の姿のめでたさを、天皇のましますところ、ひいてはこの国の弥栄(いやさか)として望む言祝(ことほ)ぎの歌なのだと思う。この姿勢は、その後も長く鷗外の歌作の志を支えつづけた。その意味でも象徴的な第一首である。

た。新声社（S・S・S）編著となっており、訳詩者はほかに落合直文、井上通泰ら。西洋詩、漢詩の和訳のほか平家物語「鬼界島」の漢詩訳なども含む。のち鷗外の詩文集『水沫集』に採録された。

*橘東世―橘東世子(たちばなとせこ)。明治九年『明治歌集』第一編を、以降九編を刊行した歌人。

*「観潮楼歌会の全貌」―巻末「付 観潮楼歌会をめぐって」132ページ〜参照。

*福羽美静(ふくばよししず)―津和野藩藩校で教え、国事に関わり、維新後、宮内省の歌道御用掛となる。

*加部厳夫(かべいずお)―国学者で歌人、君が代の選定者（山崎一頴『森鷗外 国家と作家の狭間で』）。

02

開けゆくやまと心は桜花おく山外山にほひへだてず

題しらず

勇猛果敢かつ優美な大和の精神はここに高揚し、盛りの桜花さながら深山も外山もへだてなく、広くあまねく満ちている。

【出典】全集。初出は「衛生療病志」第四十六号（明治26年10月）

医学雑誌に出詠したもので、この「衛生療病志」に鷗外が寄せた歌は同じ号に三首、すぐ前の第四十五号に二首、計五首であったとみられる。

ドイツから帰国後、翌年の二十二年一月、鷗外は読売新聞に「小説論」（医学の説より出でたる小説論）を執筆し、「東京医事新誌」編輯主任となった。医学・文学両面に意欲的であったことのみならず、その意欲がとりわけジャーナリスティック[*]な活動に向けられたことに注目すべきだろう。

明治二十二年三月には「衛生新誌」を創刊、翌二十三年一月に「医事新論」を創刊するが、同年九月に両誌を統合して「衛生療病志」と題することにした。こうした経緯には人間関係が絡む事情が推測されているが、周囲の思惑

＊ジャーナリスティックな活動―本文に示す以外にも鷗外が手がけた雑誌は多い。明治二十六年五月「城南評論」を「しがらみ草紙」に合し、二十七年八月「しがらみ草紙」を第五十九号に

がどうあれ、医学の向上、推進や後進の指導のために定期的な医学論の発信に積極的であろうとした鷗外の意志は圧倒的だったようだ。医学者として活字媒体を最大限に有効利用しようとした才覚は文学面にも注がれ、明治二十二年十月に「しがらみ草紙」創刊となる。鷗外ら新声社（S・S・S）同人を中心に文学論、翻訳を華やかに競う場であった。

鷗外が、「しがらみ草紙」とは別に医学雑誌に短歌を載せたところにも、強固な意志は及んでいたのだろう。散文と肩を並べて誌面を飾る歌について、おそらく早くから考えをめぐらせたに違いないが、二首、三首というこのときの置き方からすると、埋め草に近い思いつきだったのかもしれない。ただ、その後の旺盛な出版活動や歌人意識を考え合わせると、短歌の小ささを逆手に取るような編集のセンスもここに感じておきたくなる。コラボの感覚といったらいいだろうか。訳詩集『於母影』においても詩歌集『うた日記』においても、鷗外は七・五に限らずさまざまな音数律を試みている。定型詩である短歌については、あくまで表現を楽しむ一方、一首の表現容量の小ささをどう引き受けるか、それもつねに思索の根に据えていたに違いない。

短歌における鷗外の試行はすでに始まっていたということであろう。

て廃刊。十月「衛生療病志」を第五十七号にて廃刊。二十九年「めさまし草」創刊。三十年「公衆医事」発刊。三十五年六月上田敏らと「芸文」創刊。十月「万年草」創刊。

03

丁提督の故宅に入る梅花の初て開けるあり歌を詠ず

むかしうゑし其人あはれ今年さくこの花あはれ〳〵世の中

その昔、かの人が植えたこの梅の木が今年初めて咲いたというではないか。ああ、それもこの世のことなのだ。

【出典】全集「日記」（明治28年2月22日）

全集第十九巻にまとめられているのは、日記、書簡にみえる作品、新聞や雑誌に出詠した作品のほか、歌会の場で詠まれた作品も含み、それらのうち単行本に収録された作をのぞく拾遺である。脚注に書簡の相手、初出の新聞・雑誌名とその発行年月日などが示されており、日記から採録された短歌には年月日のみを記している。掲出の一首は「明二八・二・二二」とある三首のうちの二首目で、その日の日記*に残された歌と判断できる。

一方、書簡六七（全集三十六巻）として明治二十八年「二月二十六日　市村瓚次郎宛」があり、そのなかに「二月二十二日劉公嶋なる丁汝昌が故宅にて梅の花さけるをよみ侍りける　源高湛*」と添え、同じ三首がみえる。さらに

＊日記──「徂征日記」に確認できた。

＊源高湛（みなもとのたかし

書簡では歌のあとに「歌にはなり申すまじく候　於威海衛　器堂君梧下」とある。「歌には…」という文言は、しばしば鷗外が発したもので、謙遜をこめた挨拶だが、実のところ自信あってのことで、鷗外はこのようにして歌をしたため送る流儀をいたく好んでいた。

日清戦争さなかのこと、鷗外は二十七年十月第二軍兵站軍医部長となって十六日に宇品より出征。新年を柳樹屯に迎えた。一月十七日に大連を発して二十日に龍鬚島に上陸、その直後のことと思われる。

軒近くさくやかたみの梅の花あるじのしらぬ春に逢ひつゝ　　第一首

この第一首とともに読めば、鷗外が掲出の第二首に表したかったのが梅の木の律儀なけなげさと、人の命のはかなさであろうことが感じられる。「あはれ」を三たび繰り返し、最初は故人への追懐、二度目は梅の開花に情を覚えての感応、三度目は生生流転とも有為転変とも、この世に向ける感慨というように、少しずつニュアンスの違いをもたせている。クレシェンドに近い流れに託された情の高まり。戦地での歌であってみれば、否も応もない。

ず）―鷗外が歌を詠むときに用いた号。署名としてはこの三首にみえるのが最初。観潮楼歌会の歌稿には変体仮名による「たか志津」の署名が残されている。一方、「第二軍の歌」の原稿署名に「源 高湛作（ミナモトノタカヤスツクル）」とあるともされている。

04

ゆけといはゞやがてゆかむをうた枕見よとは流石やさしかりけり

命ぜられれば、すぐにも行こうものを。「歌枕見てまゐれ」とはさすがに王朝の優美そのものではあるまいか。

【出典】全集「日記」（明治28年5月15日）

【語釈】○やがて―すぐさま。ただちに。

一読、鎌倉期の説話集『古事談』（第二―三二）にみえる物語を想起させる。殿上で狼藉に及んだ藤原実方に一条天皇が「歌枕見てまゐれ」との御意を賜ったという話である（『古事談 続古事談』新日本古典文学大系41・岩波書店・平成17年11月）。

藤原実方といえば歌人として名高い貴公子だったが、やや感情的になりやすい性格だったらしい。あるとき、書に優れ三蹟の一人と称えられた藤原行成と殿上で行き合ったとき、それ以前に何があったものか行成を腹に据えかねていた実方は怒りを爆発させ、行成の冠をはぎ取り、庭に投げ捨ててしまった。その時代、相手の冠に手をかけるなどたいへんな侮辱であったが、若い行成は冷静に応じ、主殿司（とのもりづかさ）に冠を拾わせ、砂をはらって着けたのち、はるかに年長のはずの実方のふるまいを静かに難じたという。

その一部始終を小蔀(こじとみ)(清涼殿の小窓)からご覧になっていた一条天皇は、十六歳という若さながら、行成の振る舞いに感じ入って蔵人頭に昇格させる。一方の実方には左遷の意味で陸奥守として下向の命をくだされたのだと思われるが、その命は「歌枕見てまゐれ」と伝えられた。みちのくには数々の歌枕(古歌に詠みこまれて定着した名所)があり、歌人は現地に立つこともなく歌枕を記憶に収め、歌に詠むものであったが、歌人としての名声を誇る実方にしてみれば「歌枕見てまゐれ」という命は、やさしく知的ないざないであり、左遷の屈辱というよりは面おこしのひと言であったろう。十六歳の帝の見事に優美なはからいに、鷗外はまっすぐ感応しているのである。

武勇志向が強く政治的手腕にも長けていた、というのが、かなり濃厚なイメージの鷗外像だが、どこか王朝貴族的*な感覚や感度の持ち主でもあることが、短歌作品には素直に反映されているようだ。

＊王朝貴族的な感覚―歌人としての号高湛には「たかしず」とも「たかやす」とも、それぞれ表記の事実があることになるが、「たかしず」の読みには津和野藩藩校で和歌の教えを受けた福羽美静(ふくば・よししず)の名が重ねられている気もする。「源」を名乗るところには、自身に流れる貴族の血への信奉がまつわっていたものらしい。

05

PANTA RHEI

常とやいふあらずとやいふ君見ずやかは瀬の此世ゆく水の人

この世が永遠かどうかをギリシャの哲人は見通していた。まこと、この世は川瀬に等しく、人の命は川瀬をゆく水のごとく、とどまることがない……。

【出典】初出は「明星」（明治37年1月）。このときの署名〔ゆめみるひと〕は、「明星」「心の花」など短歌雑誌に出詠するときに鷗外が用いた筆名。「20 しれじれし」の項参照。

題の「パンタ・レイ」はギリシャ語で「万物は流転する」の意。ヘラクレイトスの世界観を表すという。明治から昭和初期にかけて割合一般的だったようだが、日本の古典からして同様の思想は浸透していた。たとえば生生流転といった語はむしろ大衆的だ。それでいえば「パンタ・レイ」は知識層に好まれた語だったのであろうか。貴族的武士道をゆく鷗外は、王朝物語の無常観と中世以降の社会思想と、両様の受容を実践していたのかもしれない。

鷗外が「明星」（明治33年4月与謝野鉄幹創刊）に登場する最初は日露戦争直前に寄せた随想「情死」（明治36年10月号・署名は森林太郎）で、その次に当たる寄稿が掲出歌を含む「偶感二首」であった。

あつき日[*]のおなじ木蔭をしばしゆくなれとわれとに何の争

同じときのもう一首である。鷗外は明治二十七年十月十六日宇品より出征、翌年五月二十二日宇品に凱旋。第二軍兵站軍医部長の地位にあった。作戦の合間、大陸の陽ざしのもと、木蔭をゆけば、そこには現地の人民もいて、敵対しているなどということをつゆも感じさせない。そんな趣旨の歌であろう。「03　むかしうゑし」で鑑賞した一首とほぼ同じ心の状況が思われる。

「偶感二首」が鷗外の「明星」に短歌を寄せた最初ということになるが、もともと鉄幹は「萩の家」すなわち落合直文に紹介されて鷗外の知遇を得たのであった。ところが、第一詩歌集『東西南北』（明治29年7月）に乞うた序文詩「東西南北に題す」の署名の件[*]で鷗外の不興を買い、疎遠になったという。小倉から母に宛てた書簡（書簡番号一七四・明治34年1月27日頃）では、与謝野鉄幹から「明星」の雑誌とともに「投書」の要請が送られてきたが、「返書のみ遺し置候」と報告している。紙がよいのと画が美しいのは「大したもの」だ

＊あつき日の——この一首の題は「息争」。清代に使われた語で、紛争など敵対関係にある意と思われる。

＊署名の件——「鐘礼舎とあつたのをその下に主人鷗外といふ字が加へてあつたといふかどで」と『平野萬里評論集』（砂子屋書房・平成18年6月）にある。

が「文章はつまらぬ」とも書く。文面からすると、その時期の鉄幹と子規との論争の姿勢から鉄幹を快く思わなかったらしい。

ただ、「情死」、「偶感二首」ののち、談話「故落合直文君に就て」（明治37年2月・署名は森林太郎）がみられ、日露戦争陣中からの出詠が始まる。凱旋後には短歌のほか、長詩「かりやのなごり」（明治40年1月・署名は腰弁当）ほか翻訳（署名は森林太郎）など、寄稿も積極的となってゆく。

ついでながら、「偶感二首」の載る「明星」には、写真「森鷗外氏の書斎」を掲載。鷗外の姿はなく、書斎の屏風の前に座る祖母と母とが写っている。書斎写真はこの号の特集だったようで、ほかにも上田敏、藤島武二、姉崎嘲風、神原有明、馬場孤蝶らの書斎内での肖像が掲載されている。

06

みこみうまごみひヽことさへ見ますまにいかに苔蒸すうめ澤の梅

梅澤なる室大人の七十の賀に

お子さま、お孫さま、ひ孫さままでもお生まれになるうちに、どれほどか苔むして見事な貫禄のうめ澤の梅の木よ。

【出典】全集。初出は「心の花」(明治37年5月)。署名は〔ゆめみるひと〕。

【語釈】○うまご―マゴの古形。○苔蒸す―原典誌上でもこの表記だが、本来「苔生す」であるべき語。「蒸」が変体仮名の「む」を表すということもないようだ。

室大人は室良悦で津和野藩藩医。大人(うし)は尊称。鷗外は(満)七歳より藩校で室良悦に蘭文典を教わっており、掲出歌は初学びの恩師の古稀に際しての言祝(ことほ)ぎである。祝賀に際して鷗外は求めに応じ、「約束ノ拙稿」を出征直前に良悦に送ったらしく、明治三十七年三月十三日付の良悦宛書簡(三四〇)は、そのおりの添え文の内容になっている。なかんずく、歌の「『みこ(子)みむまご(孫)みひひこ(曾孫)』ノ連用異様ニハ候へドモ時勢ガ時勢ユヱ妙ナ調モ出ヅルモノト御容赦被下度候」と釈明しており、意図的な試みを含めていたのだろう。このたたみかけの手法は軽快に祝意を強調し、思い切って晴れやかな印象を与えたのではなかろうか。鷗外にしても、文面からなにがなし自信のほどがうかがえる。
　当時、七十の賀といったらかなりの慶事。「梅澤なる」*の意がわからないが、恩師を学問の神菅原道真にちなむ梅の沢に結び、風格備わった梅の木の姿を重ねたものか。個性的なうたいだし、敬語（見ます）の品格、老梅のめでたさ。これらの案配の手際のよさにも才覚が感じられる。
　「心の花」*においては明治三十七年四月号巻頭に掲載された二百字ほどの「膠山絹海帖序」が森鷗外登場の最初である。これは金子薫園の自筆書画帖に寄せた序文の転載かと思われる。題とともに「森鷗外」とあるが、これは筆者が鷗外であると示すために編集側が入れたとも考えられる。結びに「甲辰三月従軍前六日。源高湛しるす。」とあり、鷗外としてはこの序文を歌人として書いたということなのだろう。掲出歌の載る五月号には新体詩「第○軍の歌」（○は伏せ字。同詩は『うた日記』に「第二軍の歌」として収録）もみえるが、こちらも題に「森鷗外」、結びに「源高湛作」とある。

*梅澤なる―平成二十九年八月十五日、津和野の鷗外記念館に問い合わせたが、わからなかった。屋号だろうか。梅のつく地名も津和野にはないという返答であった。

*「心の花」―明治三十一年二月、佐佐木信綱による創刊。竹柏（ちくはく）会の機関誌「いささ川」（明治29年10月～31年1月）を前身とし、当初「こゝろの華」、やがて「心の花」に統一され、短歌結社誌の草分けとして今につづく月刊歌誌。

07

こちたくな　判者（はんざ）とがめそ　日記（にき）のうた　みながらよくば　われ歌の聖（せい）

そう口やかましくおっしゃるな、判者殿。これは拙者の日記の歌ゆえ（玉も石もございます）、もしすべてよしとなったら吾輩は歌の聖ですからな。

【出典】『うた日記』（春陽堂・明治40年9月）

【語釈】○こちたし—うるさい。仰々しい。○な…そ—相手を制する述べ方。○判者—ここでは歌合での判定人。○みながら—すべて。○歌の聖—古今最高の歌人。古今集仮名序に柿ノ本人麻呂を「歌のひじり」、真名序に人麻呂・赤人を「和歌仙」と称したことに始まり、人麻呂・赤人は六歌仙

拙者が歌聖ってことはなかろうが、といったニュアンスの『うた日記』とびらに置かれた*序歌。「拙者」は鷗外の用いた*一人称のひとつで、謙遜の面持ちなのだが、すべて秀歌というわけじゃなくとも佳い歌はあるはずだから、とくとご覧あれ、と述べているに等しく、自信の表れである。

鷗外は本質的に詩人の自覚があり、語学に堪能だったことから翻訳詩を率先して手がけたが、和歌はむしろ大和に生まれた者の誇るべき道と心得ていた。王朝貴族たるべき歌の才を確信していて、根っから和歌という詩型に心を寄せてもいた。一方で、国の命運を賭けた局面では命を捧げる武将魂の持ち主でもあった。鷗外の残した短歌作品には、この二つの精神基盤が最も顕

著に折り合いを見せて溶け込んでいる。時代情勢、生まれついて以降の教育や環境の作用を少し割り引いて受けとめてみるなら、歌に詠むという表現自体をとことん楽しみ、愛した人であったようだ。文豪のあまり表立たない魅力的な一面である。

明治三十七年二月十一日、露国に宣戦布告の詔勅が下ると、三月七日に鷗外は第二軍軍医部長に任ぜられ、同月二十七日、広島において「第二軍の歌」*を作った。

当初から刊行の心算があったかどうかはともかく、鷗外が従軍中、職務の間隙を縫って励んだのは詩歌なのであった。積極的に選んだジャンルだったに違いない。個々の作品が小さく完結することからすれば、戦地においては恰好の発信スタイルだったのであろう。理にかなった選択といえる。目次もあとがきもない『うた日記』（著者名は森林太郎だが、箱の表には森鷗外とある）は、こうして新体詩、訳詩、長歌、短歌、仏足石歌*、旋頭歌*、俳句による構成で、融通無碍な著作として誕生した。

の上に位置づけられたが、特にこの二人を歌聖（かせい）と呼ぶのは近世以後という（和歌大辞典）。

*序歌—各章の序歌については「20　しれじれし」の項参照。

*一人称のひとつ—与謝野晶子との贈答「歌くらべ」（66ページ参照）では自作に「（拙者）」と添えている。

*「第二軍の歌」—「06　みこみうまご」で触れた新体詩。この詩が「心の花」五月号に掲載されたということは、戦地に向かう激しい気負いのままに、できてすぐ送稿したのであろう。

*仏足石歌—五・七・五・七・七・七の歌体。

*旋頭歌—五・七・七・五・七・七の歌体。

08

我歌は　素ごとただごと　技巧あらじ　歌におごれる　わかうどな聞きそ

拙者の歌は単なるただごと*で、技巧ありとも申せまい。いまの時代、新しい歌を誇る若い歌びとたちに聞いてほしいとは思わぬ。

【出典】『うた日記』

【語釈】〇うまびと——うまひと【貴人】。高貴な人。

*ただごと——古今集仮名序にいう「ただごと歌」は道義的に正しい歌。真名序にいう「雅」の歌。その後、比喩などを採用しない直叙の歌をさすようになった。明治の世にあって旧派和歌に学んだ鷗外としては、両者をよく心得ていたのであろう。すなわち正義に信を置

結びの「わかうどな聞きそ」は聞くな、聞いてくれるなと制止する意だが、歌の趣旨からすれば、新しい歌をめざす若手を相手にしようとは思わないし、若手のほうも聞く耳はもたないであろう、くらいの冷めた気分なのであろう。

序歌もこの歌も、おそらく『うた日記』を編集する段階で組み込まれていて、多分に自作についての卑下、釈明、それと背中合わせの自負の表明の意味をもたされている。そのなかで「歌におごれる　わかうど」として自身に対置する新世代歌人を意識しているらしいことが目を引く。

「おごれる」の一語に「その子二十櫛にながるる黒髪のおごりの春のうつくしきかな」（『みだれ髪』）を想起することは突飛ではないと思う。和歌にはまず登場しなかったとおぼしき「おごり」という語を、恋のさなかにある高

揚感に満ちた心境の言い換えとしてこなしてしまった手腕には、同時代の誰もが驚きを隠さなかった。

明治三十四年八月に『みだれ髪』が刊行されたのち、鷗外がいつの時点でこの話題の歌集を読んだものかはわからない。日記や書簡での言及も見受けられない。ただ、日露戦争中に陣中で書く手紙において、新派の歌をめぐり親友と議論したり、晶子の歌を真似て妹に書き送ったりしている。新派の歌に向ける意識の変化は『うた日記』を読む際の見逃せない一点のはずなのだ。掲出歌はすぐ前に置かれた次の歌とセットになっている。

我歌は　野ぶり鄙(ひな)ぶり　調(しらべ)あらじ　歌に老いたる　うまびと聞かすな

拙者の歌は田舎じみた粗造りで佳き調べなどあるまいから、歌に深く親しんで老練な方々はお聞きくださいますな。

掲出歌とともに二首によって「老いも若きもおしなべて」の意を示し、自作についてあくまでも慎んだもの言いで（実は）擁護しているのであろう。

く歌であり、おのれの現実を忠実に述べた歌であるが、ただそれだけであるから、技巧を重視する若手にはつまらなかろう、というわけである。

09

さらばさらば　宇品しま山　なれをまた　相見んときは　いつにかあるべき

（明治三十七年四月二十一日於宇品）

さらば宇品よ、さらば美しい島山よ。ふたたび逢うのはいつのことであろう。

いよいよ戦地に向けて出航である。二度と逢うことはないかもしれぬ、という含みであろう。前書きのとおり鷗外の乗る船は日清戦争のときと同じく宇品港を発した。三月二十九日に妻しげ*に宛てた手紙で「広島に来てから八日目だが、ろくな用事もなくてつまらぬから、早く舟が出れば好い」と書いている。以降、妻への手紙は頻繁で返事もしきりに求めたし、手紙には日付を入れるものだとか、「あまり長く滞留して居ると兵隊がつまらないことをしてならないから早く舟にのりたいものだよ」（四月四日）など、対話を楽しむように書き送った。さらに「これからそろ〳〵おもしろくなるのだよ。こつちとらの上陸はきつと号外の出るやうなことをしでかすだらうとおもふか

【出典】『うた日記』

*しげ―明治二十三年九月に（赤松）登志子を離縁、三十五年一月に東京の居宅観潮楼で荒木しげと婚礼を挙げた。三十二年六月より第十二師団軍医部長として小倉に赴任していた鷗外は新妻を伴って小倉に帰還。日露戦争中は戦地から頻繁に妻宛の手紙を書いている。

ら号外に気を付けておいで。」（四月二〇日）というくだりからすれば、かなり気負っており、軍医というより一軍を率いる大将の気構えである。

露国に対する宣戦布告の詔勅が下ったのは二月十一日であった。先の手紙から三月二十一日には広島に着き、二十七日*に新体詩「第二軍」をなす。

この詩は「海の氷こごる　北国も／春風いまぞ　吹きわたる／三百年来跋扈せし／ろしやを討たん　時は来ぬ」で始まる九連から成り、全篇に士気高揚の気概がみなぎっている。「06　みこみうまご」で触れたように、この詩の初出は「心の花」（明治37年5月号）であったが、題は「第〇軍の歌」、最終の連では「見よ開国の　むかしより／勝たではやまぬ　日本兵／その精鋭を　すぐりたる／〇大将の第〇軍」、添え文として「皇明治三十七年三月二十七日〇〇国〇〇に於きて　源　高湛作」と伏せ字だらけであった。機密漏洩を慮ってのことなのであろう。第二軍の司令官は奥保鞏大将で、『うた日記』では結びの一行が「奥大将の　第二軍」となっている。

鷗外自身が第二軍を率いているかのようなテンションの高さにたじろぐが、戦地での鷗外はまさに、この詩にこめたとおりの（理想とする）勇猛果敢ぶりを発揮。その集積によって『うた日記』を築くことになるのである。

*二十七日―それを以て「『うた日記』ここに始る」と年譜には刻まれている。

10

宇品出発に際して

我船(わがふね)はあき*の小富士(こふじ)に送られてよろづあき足る国を出(い)でけり

わが乗る船は安芸の小富士に送られて、飽くなくうるわしい大和の国を、ああ離れゆく。

【出典】全集。初出は「門司新報」(明治37年6月24日)。『うた日記』には未収録。

*あきの小富士—広島湾南方三キロ沖にある似島(にのしま)。端正な山の姿が美しく、現在もこの名で親しまれている。

安芸(あき)、あき(飽き)と音を重ねひびかせて迫るような出征の歌。気宇壮大というべく、あわせて、出で立つ国土の象徴的美の姿を胸に収めて詠み入れるところに志士の情がにじむ。ただ、同じときに次のようにも詠んでいる。

いたづらに宿屋のぬしを亡ぼしてあきにあきたりいざ立行(たちゆ)かん

こちらが一首目に当たるが、二首目の晴れやかさと違い、待ちの時間にうんざりしたのちの出航であると述べている。上の句は、部隊が相当の人馬を抱えていて、出航までの滞在には地元の宿を接収したことをいうのではないか。個人的にはそこに同情もまつわるゆえにこのような表現を採用したのであろう。歌の中心は下の句の内容にあり、これが鷗外の本音であった。

先に、妻宛の手紙に触れたが、妹と妻に宛てて頻繁に書き送っている。
○此地は来てよりもはや十五日なるに雨は一日のみにて日々好天気に候桃の時より桜の時とうつり候なか〳〵大兵を動かすといふものはジレッタキものに候（書簡番号三四八　四月七日　小金井きみ子宛）
○広島で遊興をするだらうなどといふのは大間違だ。此前に来て居た近衛が病人の半分は悪い病であつたといふので今度は上のものが手本になつて取締まるのだ。（三四九　四月七日　森しげ宛）
○賀古*はおなじみの芸者の写真を持つてゐて見せるけれどこつちの持つてゐる写真は人には見せないのだ。ねえさんのが二つとおしやくのが一つと三枚あるが誰にも見せられない。茉莉*の写真をとつたら送つておくれ。（三五三　四月十六日　森しげ宛）

*賀古―賀古鶴所（つるど）。東京大学医学部以来の盟友で、ともに従軍中だった。
*茉莉の写真―明治三十六年一月七日出生の長女。

11

大君の　任のまにまに　くすりばこ　もたぬ薬師と　なりてわれ行く

みことのりを拝命して出で立つ。薬箱をもたぬ薬師として（病を治すというより）、軍の勝利のために、出で立つ。

【出典】『うた日記』

【語釈】○大君―天皇。○任のまにまに―「任」は動詞「任く」の名詞形。差し遣わされる意。「まにまに（随に）」は「〜のままに」の意。「大君のまけのまにまに」を定型として万葉集以来、歌に詠み込まれることが多い。人や神などの意向が絶対的であるさまを匂わせる。○薬師―「くすりし」の転で医者をさし、もとは国ごとに朝廷から一人ずつ

上二句の意識からすれば、ここに「薬師」とみずからを規定しているのは、単に歌であるから古語を採用という以上に、薬師の元来の意、勅命であるという誇りがこもっているに違いない。「くすりばこ　もたぬ薬師」に戸惑いたくもなるが、医師としてよりは敵と闘う意識であったことがそのまま表れているというべきだろう。鷗外は第二軍軍医部長で、日清戦争でも第二軍兵站軍医部長として赴いたのであった。第二軍は、兵站つまり作戦軍の後方にあって、物資の補給などに当たる役割を担うものだが、鷗外は、いずれのときも軍医部長であって、「18　おなじくは」の項で触れるように、軍医部長といえば司令部の一員なのである。

『うた日記』には民家の娘がレイプされた後の手当に鷗外が薬を処方する

いきさつを語った詩（「罌粟、人糞」）があるが、野戦病院の場面などはなく、医師として傷病兵と向き合うということもない。そもそも軍医として戦場の悲惨な状況をなまなましく再現するという立ち位置ではなく、現実に軍を率いる立場だったのであり、もとより薬箱を携える任務ではないのであった。うたいだしの二句に明らかな使命感は、鷗外の意識そのままであったはずである。覚悟をもって鷗外は誇り高く勇んで出征したのだ。ただ、軍医であって軍人ではないという自覚は、戦地でやや微妙に作用していたともいえる。司令部にあってどれほど貢献したところで、鷗外は奥大将ではない……。

　功成らず　名遂げぬ老の　ととせよと　大和尚山　雲間ゆわらふ
（明治三十七年五月二十二日劉家店）

かたるべき　いさをしあらねば　かくろひて　大木のもとに　ひとりをらばや
聞く甲斐は　あらねども　世にあるかぎり　金鼓よひびけ　陛下万歳
（明治三十八年六月十九日於奉天）

一首目の「ととせ」は日清戦争に出征して以来のことである。戦場での鷗

置かれた医者をいったが、次第に普通の医者をいうようになった（角川古語大辞典）。○金鼓―陣鉦と陣太鼓で、陣中の号令に用いる。

＊「隕石」―『うた日記』の第二章（「20　しれじれし」参照）には翻訳詩八篇が収められている。「金鼓」（原題「LILIENCRON.」）は、一篇の詩を短歌に近い四連に

外の立場と心理は、回を重ねても変わることがない。上陸して間もないときの一首で、二首目はすでに決着がついてのちということになる。語るべき勲功などなく、身を隠すようにして思索にふけりたい鷗外。三番目の例は訳詩を集めた「隕石」*の章にあり、短歌と読めなくもない三十一音の詩であるが、結びの「陛下万歳」は、鷗外の心そのものでもあったろう。同時に、その心を自覚しながらも「聞く甲斐は　あらねども」とする屈折を添えずにいられない葛藤が、このときの鷗外の内面的主題なのであった。司令部にあり、といっても、主君のための討ち死にこそ本望といった心意気だったのであろうか。長歌「たまくるところ」では「司令部は　玉来ぬところ」という。それを「あかず思ひぬ」、つまり物足りないといっているのだ。

　津和野藩の藩医の世継ぎと生まれ、秀才として順調に医学の道を究め、軍医として帝国陸軍の位を上り詰めても、あるいは、上り詰めたからこそ、あくまで軍医としての権威なのだ。軍医であって、軍人ではない鷗外の本音はどこにあったのだろう。『うた日記』には鷗外の心理の複雑な屈曲が見え隠れしているようである。

翻案。「隕石」のほかの作品にはみられない手法だが、そのことを含め、鷗外の翻訳姿勢がかなり恣意的なものであったことを感じさせるところである。『森鷗外集』（新日本古典文学大系明治編25・岩波書店・平成16年7月）の池田紘一による解説「鷗外訳『即興詩人』と翻訳底本」は、鷗外訳の『即興詩人』について、翻訳底本のドイツ語原文と「まるで趣が違うという印象を受ける」と指摘。鷗外の訳は「自由」かつ「原文を十分に味読咀嚼した上で自在に暢びやかにくりひろげられた達意の文と称すべきもの」で、その「自由」の要因は「発刊当初から読者を魅了した雅文」に、まずはあるのだとする分析とともに、深く納得するところであった。

12

まのあたり　死の大王怖ぢざりし　おのがこころを　にくみけるかな

敵襲を目の当たりにしながら、死に神に怖れを抱かなかった。なんと無謀不敵な心かと、われながら憎みもしたのだ。

【出典】『うた日記』

【語釈】○死の大王―死神。人間の力ではいかんともしがたい死を、絶大な権力を持つ王にたとえたもの。『涅槃経』や『正法念経』などに見える「死王」の翻読語（角川古語大辞典）。仏足石歌に「いかづちの光のごときこれの身は志尓乃於保岐美常にたぐへりおづべからずや」とあるので、「怖づ」とともに使われることが多く、鷗外はそれに倣ったの

掲出歌に先立って「敵襲」と題する詩*がある。

南山の砦の偵察に司令官が幕僚を連れてゆき、部隊は楊家屯にとどまっていた。真夜中、「敵襲」の声に一同飛び起きて「けなげにも」迎え撃つ態勢をとる。しかし、それは哨兵の誤りであった。みな言葉もなく宿営に帰ってゆくのだが、「待ちぬれど　死ぬべきときは　来ざりけり」と鷗外は振り返る。この一件を総括して詠んだのが掲出歌なのだ。長歌に添えた反歌のなりたちで、直面した死への怖れが思いがけないほど希薄であったことに驚いている。憎んだとはいうが、むしろ勇猛果敢な己を知って誇る思いの言い換えであろう。すぐ前に置かれたもう一首に、鷗外はこう述べている。

かつて識(し)らぬ　我となおぼし　星のもとに　瞳あはする　死のおほきみ

自分はたしかに死に神と目を合わせた。そのとき死に神は、今まで出会ったこともない、明らかに腹の据わった男とお思いくださったのだと察した——。これにしてもたいへんな自信である。自身が軍を率いて戦闘の現場にあるかのように発しているが、あながち錯覚ではないのだろう。

五月二十六日、当日の南山の戦闘を森於菟*に実況的に書き送っている。書簡三六〇～三六三より一首ずつを記す。『うた日記』に収録の四首である。

闇よりも雨風よりもすさまじき空の稲妻仇のさぐり火

なかなかにあたのまととぞなりにけるわがくれなゐのとをもじのはた

ておひたる人にゆづりていへはあれどこよひ一夜を木の下にねん

およづれかよわしとききし浪華人さきがけするをまのあたり見つ

かもしれない。○哨兵(しょうへい)——見張りの兵。○仇（あた）——敵のこと。この「あた」を鷗外は頻りに用いた。○とをもじのはた——赤十字の旗。○およづれ——「妖言」でいつわりごと。思いがけない勇敢ぶりを目にしたということらしい。指揮官の意識で兵士を見ていたものだろうか。

*詩「敵襲」——五七五、五七五、五七五の三行の六連という独自の詩型で、前書きに「（明治三十七年五月十七日於楊家屯）」とあることも含め、実際の戦況報告の体で語った作である。

*於菟——明治二十三年九月十三日出生の長男。母は登志子。

13

虫避くと　牀をはなれて　衣櫃の上にぬる夜は　身じろきもせず

（明治三十七年六月二十七日於北大崗寨）

虫が多くてかなわん。寝床から衣櫃の上に移ってみたが、なんとも狭く、身じろぎもせずに夜を明かしてしまった。

【出典】『うた日記』

【語釈】○牀―室内の床の意もあるが、先だって細長い寝台の意があり「臥牀」、「銃牀」（銃を置く台）などの熟語もみられる。

夜になると害虫が集中して襲ってくるから、音を上げて衣櫃の上に逃れたものの、身をちぢめて寝返りも打てず、安らかな眠りは得られなかった。歌はそのつらさをいっている。戦場での勇ましい様相の一方、大陸の夏の虫に悩まされる構図はいささか可笑しみと哀れを添えていよう。

黍がらの　蚊火たく庭に　よこたへし　扉のうへに　うまいす我は

蚊遣り火に少し安らいで、扉を敷いた上に横になり、やっと眠れたという。八月三十日沙河南岸高地での歌。蚊以上に蠅にはほとほと手を焼いている。

むれとまる　蠅なかりせば　うすものの　窓にみる雲　めでたからまし
安石が　ためしのみかは　蠅をだに　追ひてくるはば　世にわらはれむ

ともに明治三十八年六月十八日、古城堡での歌だが狂おしいばかりである。書簡でも「支那人の家がきたなくて虫にさされるにはこまるよ」（三六五　六月九日森しげ子宛）、「百姓屋にばかし泊るのだからきたないのに閉口するよ」（三六六　六月二十一日森しげ子宛）としきりに嘆いている。中国の民家の接収家屋に寝泊まりしたのであろう。さらに「虫にさされるには誰も苦んで居るが先日から支那人の家にある大きな箪笥を倒して其上に寝るので虫がよりつかない。〇なか〳〵戦争といふものはおもふやうにはかの行かないものだね」（三六七　七月二日森しげ子宛）、「相変らず例の虫がいやだから今の宿では長持の上にケツトを布いて寝るのだ。昼中蠅の多いわりには夜になつて蚊が出て来ない」（三六八　七月十日森しげ子宛）。当たり前かもしれないが、デリケート*な一面がうかがえる。

*デリケートな一面—明治十四年七月東京大学医学部を卒業した鷗外は、十二月に東京陸軍病院課僚を仰せつかって以降、十五年陸軍軍医本部課僚、庶務課僚。主として普魯西国（プロシア）陸軍衛生制度取調に従い、ドイツ留学においても大学衛生部の日課に就く。帰国後も軍医学校教官兼陸軍大学校教官陸軍衛生会議事務官を皮切りに〈衛生〉を専門とした。それは横やりを被った結果であるらしく、「陸軍医事」を学ぼうとした鷗外は不本意だったが、日常的に衛生には並外れて神経質だったという。

14

いくさらが　濺ぎし血かと　わけいりて　見し草むらの　撫子の花

（明治三十七年八月二十八日於鞍山北腹）

兵隊らがそそいだ血であるかと草むらに分け入ってみれば、それは赤い赤い撫子であった。

【出典】『うた日記』

【語釈】○いくさ—兵士。広辞苑は表記を【軍・戦・兵】、意味を「①つわもの。兵士。兵隊。軍勢。軍隊。②軍隊と軍隊とが戦うこと」とする。『うた日記』には兵士の意の「いくさ」がたびたび用いられ、多くの場合複数で「いくさら」となっている。

軍医部長である鷗外が前線に位置することはなかったと思うが、『うた日記』の作品をたどると、第一線で陣頭指揮しているかと錯覚させる場合もあり、その気構えだったのであろう。

歌は、進軍のおりに目に入った草むらの激しい赤が、一瞬、戦闘後のむごいなごりであるかに見えたことから発せられている。可憐な花の色であったことに安堵を覚えたことが下の句に綴られ、戦場という場でのたまさかの慰めとして心に残ったという流れになる。「見しは草むらの」と補って読む文脈で、ごく素直な柔らかい心情表現が印象に残る。

鷗外は戦場で馬にまたがっていた。戦場だけでなく、軍医である鷗外の日常の乗り物は馬であった。そして、自身の馬にはつよい思い入れと愛情と誇りとがあった。「小倉日記」*の明治三十三年六月をみると、「十六日。我が畜へる馬松嶋を荘田喜太郎に授く。初め予の九州に来るや、馬二頭を載す。一を吉野と云ふ。雑種にして軽捷なり。一を松嶋と云ふ。南部産和種にして痴重なり。荘田後者を請ふ。乃ちこれに附す」。その松嶋に替わるものか「二十七日。馬を買ふ。名は北斗。」とのみ記す一行がある。一年前の六月、鷗外は陸軍軍医監に任ぜられ、第十二師団軍医部長として小倉に赴任したのであった。

『うた日記』には、宇品を発つときのスケッチとして、次の俳句がある。

起重機や　馬吊り上ぐる　春の舟

自身の愛馬を含めて出征軍馬を起重機で吊り上げ、大切な戦闘力の担い手として船に乗せる光景を、いよいよの思いで見守ったに違いない。

同じく『うた日記』の「馬賊(ばぞく)」は、「満洲に　馬おほけれど／我ならで誰(たれ)かは騎(の)らん」と絶大な自信にあふれて始まる新体詩である。

＊「小倉日記」―同じ六月の初旬、視察で大分に向かうのに「此行始て線路に由る」とあり、汽車、人力車も使っている。また「別府より電機鉄道に由る」と記し、それは初体験であった。この視察では馬車も使っている。

15　くさむらに　酸漿（ほほづき）の珠（たま）　照る見れば　満洲の野も　やさしきところ

（明治三十七年九月一日於首山西麓）

草むらにほおずきの珠が照り映えているのを見ると、戦場と化した満州の野ですら、なんとやさしげであることか。

【出典】『うた日記』。初出は「心の花」。（明治38年9月）。署名は〔源高湛〕。

進軍のさなかに撫子の赤さに目を留め兵士の血の色かと思う一瞬は、戦場にある者の当然の反応かもしれない。ただ、それによって書きとめられたのは、戦場でのたまさかの慰めであり、歌のことばはそれに触れることで三十一音を素直に満たした。そこにうかがえるのは、ほとんど抒情に傾いた姿勢といえないだろうか。掲出歌の視点もまたこれに重なる様相を見せている。

鷗外は、戦闘について語ろうとするとき、その首尾を再現し、惨状を描き伝えるのに短歌のスタイルを選ばなかった。短歌をその表現の器とはみていなかったようだ。『うた日記』を読み継いでゆくと、なぜこの一冊が新体詩、俳句、短歌、仏足石歌、旋頭歌とあらゆる詩型の試みを集積しているのか、思いはそこに及ぶ。漠然と、叙事性を短歌には求めていなかったらしいと察しはするが、万葉びとのように長歌に託することはしなかった。それでいて「12　まのあたり」のように、そっと添えるかたちの反歌の役割は尊び、しばしば好んで採用している。

『うた日記』の短歌が戦闘と無関係だったわけではない。しかし、その多くは「独瀧（どくろく）の　みづは濁（にご）れり　濁れれど　洗ひし太刀は　霜と冴え冴ゆ」「竈馬（こほろぎ）や　仇（あた）の残しし　くえ竈（かまど）　なが雨すぎて　いとどくえゆく」など、余韻に収束してしまっている。

これは、戦地において鷗外がことさらに短歌という詩型、表現としての歌の現況および今後について、しきりに考察していることと無関係ではない。親友賀古鶴所や妹小金井喜美子宛の手紙に、それはつぶさに、率直につづられた。激闘のさま、理不尽で惨い戦地の現実を歌に語ろうとしない鷗外と、戦地で短歌論を論じつめる鷗外と。さらに凱旋後、山県有朋の意をうけて常磐会を催し、その一方、観潮楼歌会を主宰する鷗外と。すべては文豪の青年期以来の短歌観に基づく、確信に満ちた愛着に発していた。葛藤はなお持ち越されてゆく。

16　雪の朝　わがこひしきは　紙さうじ　てらす日のいろ　竹起(た)つさやぎ

（明治三十七年十一月二十六日於十里河）

雪の朝といって恋しく思い起こすのは、まず紙障子。それを照らす日ざしの色。そしてすぐ前の竹林の竹が、雪の重みをはね返すときのさやぎ。

【出典】『うた日記』

いかにも日本家屋の冬の暮らしを彷彿とさせる風景である。新年を迎える前に張り替える障子はいちだんと白く明るさを実感させ、木と紙の感触や開け閉てをするときのほとほとという音は、遮蔽する意味合いを和らげて優しい。竹の葉が雪を精一杯受けとめて撓い、やがて起き上がるときのサ行音は引き締まった空間を際立たせて冬の一刻を進める。戦地に思えばどんなにか懐かしいことだろう。この一首はすぐ前にある次の歌と一対になっている。

雪の朝　わが恋しきは　あを筵(むしろ)　灰ましろなる　くぬき切炭(きりずみ)

佐倉炭などクヌギ材の炭は良質とされ、ひと晩部屋うちを暖めたのち美しい白一色になる健気さは、大和の民のつつましさに通ずるのかもしれない。新わらには青みが残り、香りも好まれて寒い地方では寝床に敷いたりもしたという。編んで喜ばれた「あを筵(むしろ)」なのだろう。

暮らしになじんだささやかな物を「ものはづくし」に倣って挙げている。二首一対にしたのは、雪の朝の興趣をそそるものとして、それだけの例示に安定感を添えたかったのかもしれない。五つのみとはいえ、いずれも奥ゆかしく、あえかに五感に訴える刺激がこころよい。思い出された物のささやかな風趣が、そのまま歌の味わいとなっている。

平穏な日常のいっとき、ささやかな事や物が懐かしく愛おしいというのは、裏返せば戦場、戦地からの逃避感覚なのかもしれない。「12　まのあたり」で死を怖れぬ己を強調しているが、気負っていても常に危険にさらされて[*]いる恐怖と孤独が皆無とはいえないだろう。

*常に危険にさらされている―鷗外は、戦地に赴くに当たり、公証人役場で作成された公正証書の〈遺言〉を残していった(山崎一穎『森鷗外 国家と作家の狭間で』新日本出版社・平成24年11月)

17　冬ごもり　見んふみのせし　文机に　いむかひをりて　われとゑみにき

（明治三十七年十二月二十九日於十里河新居）

大陸の極寒に籠もっているなかの数少ない楽しみ。届いた手紙の載る文机を前にすれば、おのずと微笑まれてしまう。

【出典】『うた日記』

【語釈】○見んふみ―これから開封する手紙。○われと―ひとりでに。

『うた日記』をたどるなかではわからないが、この一首は小金井喜美子と[*]の贈答のなかで生まれたもので、喜美子の歌「冬ごもり文みるほどはたゝかひもくれゆく年もしらずやあるらむ」への返歌であった。

喜美子が御地は極寒でしょう、それでもこちらから送る手紙を開く間は、激しい戦闘とも暮れてゆくこの年とも無縁の、穏やかないっときなのでは？といたわりの心を詠んだのに応え、掲出歌は、たしかに寒いよ、なんたって手紙が何より嬉しいのだ、とまっすぐに喜びを伝えている。

鷗外が和歌の伝統における贈答の儀礼と手法をじゅうぶん心得ていたことがよく伝わるが、小金井喜美子が相手であったことにも注目する意味がある

＊小金井喜美子との贈答―「心の花」（明治38年2月）に「戦地との贈答」と題された計六首があり、喜美子と鷗外との二首ずつ、大久保栄と鷗外との一首ずつで構成されている。掲出歌はその四首目である。

であろう。喜美子もまた「心の花」にはしばしば寄稿*していて、この妹がきわめて鷗外に近い明晰さと感性、文学的力量を備えていたことを感じさせる。同じときの喜美子の一首「皮衣かさねてしのげ白雪の千重に降つむ野べの寒さを」にしても、酷寒の戦地にある兄を励ますというより鼓舞するような内容になっており、どこか武家の娘のような誇り高いうたいぶりである。

それだけに、後述するが、戦地から喜美子に宛てた手紙のなかで歌のゆくえを熱心に説き、論じていることが目を引いて刺激的である。帰国後の鷗外の文学活動の一角を占めることになる歌への意欲の原点が、日露戦争戦地での思索にあったことは間違いない。

なお、凱旋後の鷗外が「明星」（明治41年1月）に出詠した「舞扇」二十四首のなかに、掲出作に近い味わいの一首がある。署名は〔ゆめみるひと〕。

文机（ふづくゑ）の塵うちはらひ紙のべて物まだ書かぬ白きを愛でぬ

心しずかないっときの、文人らしい幸福感を穏やかに語る佳品と思う。

*寄稿して——「心の花」明治三十八年三月号の「玉あられ」では夫の弟、大尉壽慧造の戦死を語る。『うた日記』には新体詩「小金井壽慧造（こがねいすゑぞう）を弔（とぶら）ふ」がある。

18
（明治三十七年十二月三十日於十里河）

おなじくは　わが死所（しにどころ）　一尺（ひとさか）も　一寸（ひとき）もあたに　近うとおもひぬ

――どうせなら、戦場で死ぬべきこの身、一尺でも、せめて一寸でも敵に近づいて死のうぞ。――

【出典】『うた日記』

【語釈】○あた―敵兵。かたき。室町時代まで清音。のち「あだ」となるが、万葉集などの例からか鷗外は終始「あた」を用い、それも頻繁に詠み入れた。

前線の兵士になりかわっての語りになっていることが珍しい。すぐ前に8ページにわたる長歌「石田治作」があり、その反歌というべき一首である。戦闘後、感状*を受けた「下士卒（かしそつ）」が司令部付きとなり、石田治作は「わが」従者（ずさ）となった。戦闘について尋ねても、治作は容易に語ろうとしない。強いて尋ねたところ、十月十二日の沙河（さか）会戦について、やっと重い口を開いた。長歌はその内容をそのまま再現してゆく。つまり歌の主体は長歌のなかで治作と替わり、砲弾飛び交うなか、「突撃」の令が下ると、決死の石田は首尾よく河を渡り、敵の陣地の間近まで真っ先に進んだ。そのとき、逃げようとする敵を発見、放った銃に一人を倒し、鐙（あぶみ）に足をかけようとした「将校」の

*感状―戦功を賞して与える文書。

外套に銃剣の尖が触れ、両者はにらみ合う。ところがその瞬間、将校は拳銃を捨て、治作の右手を握ったのだという。かくて「砲兵の大尉」は治作の「擒（とりこ）」となった。治作が撃ち倒したのは「少尉」であったこともわかった。それらが「戦功」となって、司令部付きに昇格したという推測がなりたつ。

しかし、治作は釈然としない表情である。将校は、ひるんだ自分を撃とうと思えば撃てたはずだが、拳銃を目の前に捨てた。みずから一騎打ちを放棄した敵の行動がいぶかしくてならないのであろう。だから、それをもって「戦功」とされたことも素直に喜べないということではなかろうか。

つづけて主体は再び軍医部長となり、「聴け治作」と兵を諭すように語ってしめくくる。決死の「汝（なんぢ）」こそは、敵に撃たせても、刺したであろう。敵は助かりたいと思った以上、刺されて撃つことはできなかったはずだ、と。

長歌の結びにいう。「一すぢの　髪だに容れぬ　勝敗の　機はここにあり　おしなべて　軍もしかなり　国もしかなり」。軍にとっても、国にとってもそうだ、と引き取って終わるこの長歌は、鷗外による軍学の真髄を披瀝した一作だったのかもしれない。

コラム1　『うた日記』の進軍の経路

広島で作成した新体詩「第二軍」が『うた日記』の最初の作品であるとされ、「(明治37年3月27日於広島)」とあるように、作品には同様の前書きが置かれていて、進軍の経路もおおよそ辿ることができる。

明治37年4月21日　宇品を出港したのち、鷗外の乗る御用船八幡丸は馬関海峡（門司と下関の間の関門海峡のこと）を抜け、朝鮮半島の南を横切って黄海を進み、4月24日、朝鮮黄海南道の南の海州湾に入る。

5月2日　朝鮮北西部の港鎮南浦に入る。大同江の河口近くであったか。同じ日、旅順港内のロシア船を封じ込める決死隊が三回挑んだ事実を鎮南浦で聞いたと記している。3日、朝鮮北西部の椒島を経て、遼東半島の東岸、大沙河河口に近い猴児石から8日、上陸した。9日董家屯、15日楊家屯、22日劉家店、26日朝陽寺谷中、肖金山、27日南山（遼東半島の金州城の南にある丘。激戦地。鷗外の詩「唇の血」にも「万骨枯れて　功成ると…」とある）、29日劉家屯。

6月14日　愈家屯、15日祝家屯、22日北大崗寨。

7月6日　正白旗、8日前安平、10日蓋平東関外、13日古家子、25日橋台鋪、26日大石橋。

8月17日　張家園子、28日甘泉鋪慈化寺、同日鞍山北腹、30日沙河南岸高地下、31日沙河南岸高地。

9月1日　首山西麓、2日孤家子、3日首山北脚、9日遼陽。

10月8日　遼陽を発して9日大紙房、10日大荒地、13日紅宝山、17日十里河（奉天の南33キロ。奉天は瀋陽の旧名。激戦地）。

11月18日　十五里台子北方高地、25日十里河。

この十里河に駐屯している間に妹小金井喜美子の義弟が旅順で戦死した報を受け、新体詩「小金井壽慧造を弔ふ」に悼んでいる。その前書き「(明治37年12月十里河にて二霊三高地の戦を説くを聞く)」とあるように旅順港を見下ろせる二〇三高地（この名は標高から乃木大将が爾霊山と命名したことに基づく）での激戦においてのことだったらしい。この知らせとともに、鷗外は12月31日の妻しげ子宛の書簡（四一六）で、「たつた今旅順の松樹山のとれた電話が来た。東京でも今夜か元日には号外が出るだらう。もう旅順もしめたものだよ」と書いている。軍は十里河で年を越した。年明けてからは退却する敵軍を追うかたちで進む。

明治38年1月27日　楊家湾。

2月　大東山堡。

3月1日　溝子沿、4日凍った渾河を渡る。9日四方堡、10日張士屯、11日奉天。奉天には5月5日に発つまで駐留し、寺院など巡っている。

5月5日　奉天を発ち、6日劉王屯から栄家屯へ、8日菓子園、15日慶雲堡。

6月12日　古城堡、6月19日奉天、24日鉄嶺、26日古城堡。

9月7日　古城子を発して六家子の軍橋に至る。同日三家子より通江口に至る。10日古城堡を発して菓子園に至る。11日阿吉牛泉堡子に至る。22日古城堡より亮合堡にゆく。24日達連台祭場。

10月7日　古城堡より長嶺子に往く。17日〜古城堡。

11月30日　古城堡より開原に至る。

12月1日　金州を過ぎ旅順に至る。4日旅順より大連に至る。5日大連を発し8日遼陽へ、9日開原にて汽車を下り古城堡に還る。29日古城堡を発し31日鉄嶺。越年。

鷗外、日露戦争中の足跡

・明治 37 年 2 月日露戦争開戦から、明治 39 年 1 月鷗外が帰国するまでの鷗外の足跡を、宿営地、通過地を中心に、日付が確認できるもののみ一覧した。

19　冬の神　たはわさせるよ　咲きををる　氷のはなに　木末かがやく

（明治三十八年一月十四日於十里河）

冬の神というのはこんな戯れごとをなさるのか。木々の枝がたわむほど咲いている花、それは枝の先までびっしりの氷の輝きであった。

【出典】『うた日記』。初出は「明星」（明治38年3月）で、「画はがき」と題された七首の一首目。署名は（ゆめみるひと）。清濁音やルビ、一字あけなど表記の違いを超える異同はない。同誌への出詠は前年の一月号（「05常とやいふ」を含む）以来の二度目。

【語釈】○たは―戯れ。初出からしても「わさ」は「わざ」であろう。○をを―

日付からすると激戦ののち旅順が陥落して間もない頃の歌で、極寒の大陸の景を見るこの歌にも、戦地に身を置く緊迫感はすでになく、いくぶんゆとりすら漂っている。作中の華やかな見立てが、まずそれを思わせよう。同時に、発想、用語、口調いずれからも、そこには与謝野晶子が浮かんでくる。

おもざしの似たるにまたもまどひけりたはぶれますよ恋の神々

たとえば『みだれ髪』のこの歌である。晶子は歌のなかで神を人格化し、恋を司る神やら恋に導く神、娘心を翻弄する神などを夢想、出現させて、恋心を超現実的スケールでうたおうとした。大げさな身振り手振りに見えようとも、『みだれ髪』の歌は時代の読者の絶大な支持を得てしまったのである。鷗外にとって、その事実は当初なかなか素直に肯いがたいものだったようだ。繰り返し疑念を投げ、しかし、新派の歌人のなかに分け入りたい衝動を、とりあえずは戦地でなだめつつ、その模倣をけっこう楽しげに実践し始めるのだった。掲出歌が、晶子すなわち新派和歌の模倣というべき挑戦であることは、『うた日記』の同じページに並べられた次の一首との比較によって、なお明らかになるであろう。

霜しげき　広野のすゑの　むら木立　枝もとををに　氷はなさく

どう見てもこの二首はセットであり、かつ、同じ景（極寒地の希有な美）に全く別の応じ方をしていて、その違いを見よと言わんばかりの挑発的ないざないになっていよう。同じ主題のもと、一首目は晶子を真似ており、二首目は逆に、正統的な和歌の叙述をなぞっている。とはいえ、晶子の模倣に並べて万葉調の別パターンを添える周到さはさすがである。

枝がしなうほど茂り合うこと。万葉集「咲きををる桜の花は」○とををを—撓。たわむさま。たわわ。万葉集「秋萩のえだもとををに置く霜の」

〔参考〕

鷗外の新派短歌批判

新派の短歌について鷗外が書き送った書簡を全集第三十六巻より引いておきたい。賀古鶴所宛、小金井喜美子宛のものからの一部である。

書簡番号**四九七**　明治三十八年七月十二日付　賀古鶴所宛

○いろ〳〵不明の事あるは何か特に御意見ありての事かともおもへども面談ならではむづかしかるべし兄も新派でも起さんとせらるゝにはあらずや

（注）賀古鶴所（かこつるど）は、東京大学医学部以来の盟友で、ともに従軍中であったが、互いに陣中においても短歌の贈答を重ね、批評をしあうことも多かった。

この一通で「不明の事」と述べているのは、賀古からの鷗外作品に対する評に対してであろう。先方からの歌評の趣旨にやや反発しているらしい。二人のやりとりは多くこのように遠慮のないもので、賀古は鷗外より七年年長であったが、鷗外のほうがむしろずばずば発している印象がある。

この書簡の前の部分でも、先便の賀古作にまず細かい批評を投げている。冒頭で「別紙訂正ハ少々乱暴恐入候」と書いていることからすると、賀古作について添削したのであろう。さらにそれを補うかたちで「満洲」を「マス」とよむのは「承服しがたし」などと批判している。おそらくは万事この調子で、鷗外の批評は的確で鋭いものであったと想像される。鷗外の歌人としての自信の表れといえるだろう。賀古にしても、歌への熱意にひけは取らないはずだから、年下の鷗外の文学的異才ぶりを認め、凱旋後は鷗外とともに山県有朋を上に戴く常磐会を立ち上げるわけである。

鷗外書簡に戻っていうと、この書簡の賀古作品の批評補足ののち、そこに関連させつつ自作を三首も書き連ねている。陣中での二人歌会は、つねにこのようなやりとりであったようだ。その中で、賀古と歌の現状について意見をかわすこともあったに違いない。鷗外はこの時点で、与謝野晶子の歌をはじめ〈新派〉の歌が世間でもてはやされているらしいことを危ぶみ、納得しがたい思いを溜めていた。戦況が落ち着いたのちであるから、はるかにその思いを強くし始めていたフシもある。会って直接語り合わないことにはもどかしい、と嘆息しつつ貴君も新派に乗り気なのか？とけしかけるように引き取っている。鷗外の歌に向ける思いの振幅が感じられる一通である。

書簡番号五〇九　明治三十八年七月二十八日付　小金井きみ子宛

秘　新派長短歌研究成績報告書

此頃の明星を見れば詩はわからないものとしてある。分らないとは特別の修養をせねばわからないと云ふことだとさ。そこでろはんの「出盧」などはまだわかるので物になつてゐないといふのだ。あまり不思議だから先日宅からいろ〳〵新詩社や新詩社でほめる先生方の本をとりよせてよんだ。やれ〳〵中にはいやないやなのが沢山だつた。それを我慢してよんだ。今はもはや卒業らしくおもふから内々事実を報告してあげる。あなかしこ。人に云ふのぢやありませんよ。先づ早手廻しに結論をさきに御覧に入れる。一体わからないがいいと云ふことは昔も今も未来もどんな文化の進んだ国でもどんな野蛮の境でもあらう筈のない事だ。なんだと。修養がないからわからないと。聞いてあきれらあ。記紀万葉がわかる。古今新古今がわかる。謡曲や浄るりがわかる。はうたとつちりとんがわかる［今野注＝端唄「とっちりとん節」。以下このように芸者や舞子のお喋り、満洲の百姓の話、中国・西欧の古典から近代の著作、詩歌の多くを書き連ね、「わかる」を繰り返している。（略）］。なんだつて新詩社連のいひ草丈がわからない筈がない。果せるかな。読んで見るとよくわかる。但しわかるのは八九分どほりであとに少々わからぬ滓が残る。その八九分も、かうだらうと察してやるので、あとの滓は察するにも手がかりがない程詞の遣ひかたがめちや〳〵なのだ。つまりねごとなのだ。さてねごとはさしおいて察せられる範囲内でいふと新詩といふものにも多少とり上げる価値のあるものがある。短詩から云うて見るが、譬へばこれまでの歌にない、機一髪、ハットおもふやうな処を巧者におさへてゐる。「春曙抄に伊勢をかさねてかさ足らぬ枕はやがて崩れけるかな」晶子。これは「恋ごろも」にある。おなじやうに品くだりらうがほ（ママ）しい嫌はあるがいかにも目前のさまをよく写したのが「小扇」にある。「そぞろなりや闇に筆よぶ夜半のうたなかばは枕になかばをつまに」同人。なかばをのをはどうかしらぬが。それから耳にきいてわかる漢語、物語などにある所謂文章ことば、今の物名なんぞを具合よくよみ入れたところにとり処がある。しかし仏教基督教の語、西洋人の名なぞがはい（ママ）るとそれ〴〵の知識があやしいと見えて頗るトンチンカンだ。以上晶子先生の事ばかしいふやうだが、跡（ママ）は大ていあれの口まねだからね。［今野注＝つづけて長詩（新詩社が用いた新語。短歌を短詩、詩を長詩と称した）について蒲原有明、島崎藤村、薄田泣菫らの作品をあげ、具体的にかなり辛口の批評を連ねている（略）］それから見ると与謝野鉄幹は流石家元だ。しかし今やうの事を七五で達者にやつてゐるといつか浄るりになつてゐるからをかしい。それから学者ぶつてあやしい事をいふにも困る。短歌、晶子こうした新詩社への関心と批評、新しい詩歌を模索する意識を開陳した手紙が明治三十八年七月前後に集中していることに注目しておきたい。

にはかなはない。ここに一つをかしい事がある。〔今野注＝新体詩のうまい若手として石川啄木、平野萬里の登場をあげ、評価している。平野が於菟坊の乳兄弟だったことを知って驚いたとも言う。（略）〕そこで御相談だが、われ〳〵も一つ奮発して新詩連以上の新しい事をやりたいものだ。但し国語はあくまでも崩さずにしかも縦横自在に使つてあらゆる分子をそれに調和するやうに入れて見やうではないか。それには少くも新詩社のもののいふ位の事がいへないではならぬからまねではないが、先づあれ等のつかまへるやうな処を第一につかまへて見ようではないか。あとは近日又。

（注）厳めしい題をつけ、わざわざ密書の扱いをしているのは、冒頭をはじめ新詩社や新詩社が評価している詩人たちの作品に対する反感があからさまであることを内々にしておきたかったのであろう。

晶子ならびに新詩社の作品がわかりにくいことをまず批判。『小扇』にあるという一首は同集にも晶子の当時の作としても見当たらないので、混線が生じているのかもしれないが、かなり広く渉猟していて、その関心のほどはよくわかるし、批評もごく当を得ている。総じてこの「報告書」は、鷗外が晶子を筆頭とする新詩社の歌の斬新さにやや気圧されながら、遅れを取るまいと多少いきり立っている内情が透けて見えるのである。

20

しれじれし　夢みるひとの　ゆめがたり　中に悲劇の　いとどふさはぬ

ああ、ばからしい。どれもこれも夢ばかりみる輩（やから）のたわごとだ。悲劇だなんて、いよいよ浮いてしまうほかない……。

【出典】『うた日記』

【語釈】○しれじれし―痴れ痴れし。ばかばかしいさま。源氏物語や枕草子に用例がある。○いとど―いよいよ。いっそう。

「07　こちたくな」と同じ体裁で一ページに一首のみ、題の「夢がたり」に添えられた、この章の序歌である。『うた日記』には目次も後記もなく、五章に分けられた各章に短歌形式の序歌を置く。「07　こちたくな」がその最初で、この一首は「うた日記」の章の序でありつつ『うた日記』全体の序という意味合いも感じられるものであった。

序歌としては三番目の掲出歌も、釈明に近い卑下のものいいは同様で、悲劇の逆の喜劇のニュアンスをゆきわたらせている。「夢がたり」にまつわる浪漫の香りをいくばくかは伝えたい真意があるともいえそうだ。自身の抒情質を詩歌にゆだね多少とも明確に位置づける意図があったのかもしれない。自身がもとより韻文作家であることのつよい自覚は「ゆめみるひと」という筆名に表れているが、鷗外がこの思い入れ深い合成語を掲出歌の第二句にそのまま収めていることも、その表れであると考えられる。

『森鷗外集』（新日本古典文学大系 明治編25・岩波書店・平成16年7月）の須田喜代次の巻末解説「『ゆめみるひと』の夢みた夢」によると、「ゆめみるひと」という筆名を鷗外が採用したのは、明治三十五年十月創刊の「万年草」の翌月号に創作詩「筆」を寄せたときからであるという。詩人としての創作意欲を自覚し、託する意図がここに確立したということだろう。

掲出歌は、謙遜のものいいをしつつ着実に駒を進めている、その意味で『うた日記』第三章という位置づけを示した一首と読んでおきたい。

各章の五首の序歌と、そこに集められた作品の様相から受けとめられる『うた日記』の構成について簡単にまとめ、次に掲げておこう。

Ⅰ　うた日記

こちたくな　判者とがめそ　日記のうた　みながらよくば　われ歌の聖

各章のページ数でいえば、この一首に始まる「うた日記」が全体のほぼ七割に及び、日露戦争陣中記としての名目を保っている。

Ⅱ　隕石

うづ宝　えつとほこりし　手には櫃　玉はみそらに　星とかがやく

（尊い宝を得たと誇ってはみたものの、手には空き箱だけ。玉は星となって天に輝いている――。）

翻訳詩九篇を収める。序歌は翻訳の力量を卑下しつつ、原作の輝かしさを強調したもの。

Ⅲ　夢がたり

しれじれし　夢みるひとの　ゆめがたり　中に悲劇の　いとどふさはぬ

章のはじめは詩「夢」だが、この章のすべてが夢想や夢幻というわけではなく、妻への手紙にしたためた戯れのような短歌も組み込まれている。

Ⅳ　あふさきるさ

塵塚に　ちる文売の　きれぎれに　名あてなければ　名だてもあらじ

（塵塚に捨てられて散った文反故だが、もうきれぎれで宛名もないことだし、これがために浮き名がたつこともあるまいよ。）

陣中書簡に添えるつもりで詠んだ歌を集めたとする設定の章。「あふさきるさ」はあれやこれやの意。「逢うとき、離れるとき」の意からきているとされる。短歌、俳句、旋頭歌、長歌を収め、「（病める僧に）」など相手を作品の後に記しているが、これを含めての創作とも思える。

Ⅴ　無名草

かきそふる　詠人しらぬ　歌幾首　しどなき序　われと笑まれぬ

（以下はおまけ。詠み人の名もわからぬ何首かで、どうもこれでいいものやら、という言葉ならびに笑ってしまうのだが……）

新体詩、短歌、長歌などを収めるが、全体にほくそえむような面白がりが感じられる。序歌では先回りして謙遜し、詠み人までぼかしているが、ここに新派の歌いくちを模倣した作品を並べてみせており、案外自信のほどがうかがえることは、中の数首をしたためた妹宛の書簡の中でも察せられる。実のところ、歌のゆくえに思いをいたす、という姿勢は『うた日記』の軸であったはずだから最終章としてそれなりに気を入れての設定であろう。

21　をさな子の　父はと問はば　松立てて　迎へん春の　人とこたへよ

（明治三十八年十月二十三日凱旋順序を示さる）

幼子が「おとうさまは？」と問いもしよう。そのときは、門松を立てて迎えるお正月にはお帰りですよと答えてくれ。

【出典】『うた日記』

前年の十二月に多大な犠牲をはらいながらも旅順を陥落させ、三十八年になってからの日本軍は誇りに満ちての帰還を待つばかりだった。鷗外にしても、それでこそ新派の歌を検分する余裕があったに違いない。国内では日露講和条約に不満をもつ民衆が九月五日、日比谷焼き討ち事件を引き起こすなどしたが、十月になって詔がくだされ、「凱旋順序」が決まる。この歌の前に俳句「唐（から）の煤（すす）　いま一度払（は）いて　帰れとや」があるので、鷗外の凱旋は年が明けてからと知らされたのであろう。で、正月には…という掲出歌が詠まれた。妻への語りかけのかたちで待ち遠しい帰還の喜びをうたっているのである。

＊登志子――海軍中将男爵赤松則良の長女。明治二十二年二月に結婚。

＊於菟――於菟が里子として養われた平野家には五歳上の

三十七年三月に出征するとき、鷗外には二人の子がいた。最初の妻*登志子とは長男*於菟が誕生した二十三年九月に離婚。長らく結婚に慎重になった鷗外が十八歳下の荒木*しげを観潮楼に迎えたのは明治三十五年一月。小倉に伴い、三十六年一月七日に長女茉莉が生まれた。鷗外は一歳そこそこの赤子を残して戦地に向かったわけである。しげは、鷗外が戦地にいる間は実家で茉莉を育てており、鷗外は芝の荒木家にいるしげに頻繁に手紙を書く。茉莉の様子を知りたがり、写真を求め、育児のうえの指示なども細かく書いている。

一方、於菟への陣中書簡は歌一首をしたためたはがきなど、簡素なものが多いが、かなり頻繁に戦地の様子を伝えた。於菟は祖母とともに*千駄木に暮らしていた。鷗外帰還後の観潮楼は、鷗外としげ親子の暮らすエリア、鷗外の母と於菟の暮らすエリアが渡り廊下でつながっている構造だったという。しげは姑やなさぬ仲の長男とは*あくまで折り合うことがなかったとされる。『うた日記』では、掲出歌の少しあとに「二人子の　すむ二家（ふたいへ）の　いづれにか　いなんと夢に　まよひけるかな」が置かれている。子煩悩で知られる鷗外だが、その苦悩の側面もまた歌のなかでは正直に吐露しているようだ。

久保（ひさやす）（萬里）がいた。そのつながりで萬里は少年時より森家に親しく出入りし、明治三十四年に新詩社に加わっていたことから、陣中の鷗外の作品を「明星」に掲載するなかだちとなった。先に引用した書簡五〇九で、鷗外は啄木とともに平野萬里の新体詩を褒めているが、萬里が「於菟坊と一しよにそだつた久保だといふにはおどろいた」と書いている。

*しげ―大審院判事荒木博臣の長女。

*千駄木―明治二十五年八月、観潮楼を建設。祖母、父母と同居していた。

*あくまで折り合うことがなかった―小説「半日」（「昴」明治42年3月）には夫婦関係や森家の日常が描かれ、かなり実際に即していることがうかがえる。

22

わが跡を　ふみもとめても　来んといふ　遠嬬(とほづま)あるを　誰(たれ)とかは寝ん

わが進軍の跡を追い求めても行きたいという遠妻がいるのに、その妻をさしおいて誰と交わろうとするかね。

【出典】『うた日記』

「夢がたり」の章のうちにあるが、明治三十七年四月十七日、「出征第二軍々医部より」として森しげに宛てた書簡（三五四）中の歌。書簡では各句ごとの一字あきはなく「遠妻(とほづま)」「寐(ね)ん」というように表記の違いがみられる。

鷗外は広島にいる。「09　さらばさらば」の項で引いたとおり、早く船に乗りたいとこぼしたり、妻から広島での「遊興」を危ぶむ手紙が届いた返事として「大間違」と否定するなど、乗船前の余裕と退屈にまかせてか、広島からの妻への手紙には戯れめいた文言が多い。結びには「やんちゃ殿」「しげちゃん」などと記した。その流れで掲出歌での妻への愛も、操を立てる女人のような言い方をして冗談ぽく、いくぶん古風にまとめている。

陣中書簡の頻々たる妻宛は、第一に妻への偽らぬ愛があったろうし、加えて戦地での日常的思索の流れを書きとめて確かな相手に発信しておくに、妻は最も格好な相手だったことがあろうと思う。妻は心理的な支えであったはずだが、その妻への手紙でも鷗外は歌について話題にした。といっても創作者としての同志というべき妹小金井喜美子にかなり独自の短歌論を書き送っているのに比べれば、文学論の相手とはまた別の意味合いがあったようだ。

歌といふものは上手にはなか〳〵なれないが一寸やるとおもしろいものだよ。何か一つ歌にして書いておこしてごらん。直してやるから。四月十七日

歌よみ　遠妻殿

（書簡三五四）

しげは後に鷗外の勧めで小説*を書いた人だが、当時多くの子女のたしなみであった歌にはさして関心がなかったのだろうか。夫として手ほどきをしようとしている上、かなり自信ありげでもあるが、その後妻が歌を書き送ったものか、同年八月八日のしげ子宛（書簡三七三）では「歌はあまりまづいから直してもやられない。これは失敬。」などと書いている。どちらかというと軽い戯れとしての話題だったようだ。

＊明治四十二年十一月から四十三年の「昴」には毎号執筆、のち「青鞜」などにも寄稿した。「波瀾」（42年11月）は、小倉で新婚生活が始まった夫との心理的応酬の現実をうかがわせる作品となっている。

コラム2

離婚の真相

鷗外が、長男於菟を出産して直後の妻登志子をなぜ離縁したかについては諸説あって、そのいずれも憶測の域を出ないらしい。ここに紹介する話もそれこそが真実とみてのことではないが、鷗外自身が語ったという点には耳を傾けるだけのことがあろうかと思う。与謝野鉄幹・晶子夫妻の長男光が『定本與謝野晶子全集』第3巻（講談社・昭和55年6月）の月報（月報7）に書き残していることである。

「森鷗外先生と母」と題されたその一篇で、与謝野光は自身が鷗外の助言に従って慶応医学部に進み、医師となったこと、鷗外が双子の妹の名づけ親であること（「27　むこ来ませ」の項参照）、生涯を通じて両親の「指導者」であり、大正期の第二次「明星」では毎号巻頭に執筆を賜ったことなどをあげたのち、「森先生の離婚の真相に触れて置きたい」と切り出している。

それによると、鷗外は政界の先達で郷土の先輩でもある西周の媒酌で最初の結婚をし、男の子が生まれたのち「理由も明かにされずに」離婚を言い渡したため、西周からは絶交されてしまった。それについて鷗外は「沈黙を守」り、すっかり謎となっていた。

鷗外は「頑なに真相を語るのを拒み続け」たが、「或る時、母に其間の事情を打明け」た。晶子は永く口外しなかったが、最晩年に「余命の乏しいのを知り」、長男を呼んで「後日適当な時に森先生の御立場を知って貰う為めに発表する様に云い残し」た。

「前の奥様は美しい方であった由ですが、生れ出た子供も非常に美しく、全く自分に似て居ないと先生は早合点されました」というのが、その「事情」の核心である。「此は自分の子ではない。誰かの子に違いない。然かしその旨を先方に云えば他人を傷つける恐れがある。自分の考えは一切胸に秘めて、何も語るまいと決心」した。

ところが、長男於菟は「日を追い成長するにつれて段々と先生に似て」いった。「先生は心の中で如何許りか悔いられた事でしょう」と光は引き取って述べる。光もさすがに「少々不自然なところがあ」るとしながらも、その「若き日の瑕瑾」が「後に偉大な人物になられる上での糧ともなった」と好意的に解釈し、なぜ鷗外が晶子に打ち明けたかについて「門人の中で少い女性であり、秘密を守って貰えるものと思」ったのであろう、と収めている。

医師として先輩でもある「於菟博士にお眼に懸」り、「森先生そっくりのお姿を見るにつけ、お気の毒で」としつつ、「今や於菟先生なく、私も老齢になりましたので、敢えて批難覚悟で書き残すことに致しました」と最後を結んでいる。

鷗外は歌人としての晶子を知るにつけ、大いに認めて終生交流をつづけた人であった。晶子が大評判のうちに『新訳源氏物語』中巻（金尾文淵堂・明治45年6月）を刊行した際、これは版元の金尾種次郎が「晶子夫人と源氏物語」（『読書と文献』昭和17年8月）に晶子を悼むなかで書いていることだが、原稿を慌ただしく仕上げてパリに発つ晶子に代わり、校正一切を引き受けたのは鷗外だった。しかし超多忙の鷗外。再三催促されたのち「ドカツと四百余頁の校正を」届けた。そのくらい協力と支援を惜しまなかった事実を思えば、鷗外が他人には秘していることも晶子にふと気を許すことはあったかもしれない。しかし、それにしても、この打ち明けには首をかしげてしまう。

思うに、二人だけの場で興に乗った鷗外が、自分の秘密を『源氏物語』の一挿話のように、多少冗談めいた語りとして言ったのではなかったろうか。妻の肺結核などを明らかにするより、それははるかに雅やかな、艶な、筋の通った（?）話であるから。思ったとおり、真顔で聞いて信じた様子の晶子に、してやったり、の鷗外の表情が浮かんでしまう……。

23

わけいりし　文の林の　おくかにも　こひわすれ草　おふる見ざりき

たしかに文学の林に分け入ったわたしだが、その奥処に至ったところで、そこに生うるという恋忘れ草を見ることはなかったよ。

【出典】『うた日記』。初出は「心の花」（明治38年2月）。「戦地との贈答」と題され、小金井喜美子との贈答四首、ついで大久保栄との贈答二首が並ぶ。「17　冬ごもり」の項参照。

【語釈】○わすれ草―万葉集以来、もの思いを忘れさせる意を担って歌に詠み入れられた。初夏に朱色の百合に似た花をつけるヤブカンゾウをさすと考えられている。近代短歌でも山川登美

於菟の家庭教師を務めていた大久保栄*の一首「戦ひのにはにしありてさしもなほ文のはやしをわくる君はも」に応えた歌である。栄が、戦地にあっても文学に心を寄せ、創作の意欲も衰えることのない天晴れのお方…と鷗外を称えたのを受けて、さよう、文学の奥深い世界に至ったものの、恋の苦悩を忘れさせる忘れ草はどこにあるものやら、と主題を恋に転じた。それも恋の苦悩から逃れられない、とばかり抒情の趣で結んだものだろう。

歌の応酬のなかでのこととはいえ、恋の破綻はドイツ留学から帰国した鷗外に痛恨の思いと挫折感を与えたはずで、その苦悩がほのかににおうかのようだ。歌でなら、そんなまつわらせ方が可能であると思ったのかもしれない。

『うた日記』の同じページにはもう一首「つばくらに　宿をまかせて　え

みしらが　まつろはんまで　われは帰らじ」を置く。奴らを屈服させるに至るまで帰らないぞ、という総司令官のような気概を見せた歌だ。そして、その次のページとの間には、鷗外の写真が一葉はさまれている。

実験室のような室内の机というか作業台のようなその上にノートらしきものを開き、鷗外が立ち姿でこちらを向いている。右手の窓から射す光に半身のみが浮かび上がっているが、精悍な顔つきで、スタンドカラーの上っ張りに、ズボンは今でいうジーンズのような印象。床の上に革靴の片足を斜めに出しているが、ポーズをとったというより、もう少し自然なタイミングであったかと思わせる。

戦地医務室であろうか（それにしては立派）と思ったりしたが、その後『森鷗外　近代文学界の傑人』（「別冊太陽　日本のこころ193」平凡社・平成24年2月）によって、この写真が「鷗外44歳の頃、研究室にて、1906（明治39）年――日露戦争から凱旋し、第一師団軍医部長に復帰、陸軍軍医学校長事務取扱兼務に就いた年。文京区蔵」の一葉であることを知った。『うた日記』は明治四十年九月の刊行であるから、最新の肖像を詩歌集に添えたものらしい。その気持ちがよくわかるような、なかなかいい写真である。

子の歌など、口惜しい別れの哀惜を象徴している。

＊大久保栄――「心の花」の同じページに明治三十八年一月二十一日に鷗外の誕生日を祝う集いを開いた記事があり、大久保はそこでも佐佐木信綱や喜美子と並んで一首詠んでいる。

栄は岐阜県生まれ。少年期から聞こえた秀才で文筆にも長けていたことから鷗外が観潮楼に住まわせた。於菟を「坊主」と呼ぶなど傍若無人であったと於菟の回想（『父親としての森鷗外』）にあるという。東大医科を最優秀で卒業したのち渡欧したが、フランスで腸チフスにかかり急逝した（苦木虎雄『鷗外研究年表』鷗出版・平成18年6月）。

コラム3

『うた日記』の挿絵

『うた日記』には挿絵が随所にはさまれ、内容と関わりがあるようにも見えるが、それについての記載はどこにもない。この本の挿絵を誰が手がけたかについて、わたしは岡井隆『森鷗外の『うた日記』』（書肆山田・平成24年1月）の一章「『うた日記』という奇書」に教えられた。岡井氏にしても、「一切記載がない」ことを半ば不審に思っていたらしい。鷗外の『うた日記』については岡井氏が別のところで複刻版で読むのがよいと発言しておられたので、すぐに日本近代文学館刊行の名著複刻全集に探し、それを読んでいた。挿絵など、全集等で活字のみを追うのでは知らずに終わってしまうことではある。

岡井氏が挿絵について知ったとする『日本現代詩大系』第三巻（河出書房新社・昭和49年11月）を開くと、『うた日記』の抄出につづく百字ほどの解題のなかに「挿画及写真版四十六葉・寺崎廣業（木版色刷一葉）、蘆原緑子筆其他。」と明記されていた。『うた日記』原典のどこにも記載のない挿絵について画家の名が残されている事実はわかったが、岡井氏は、ほとんど無名の画家の「あまり感心しない絵が、なぜ『うた日記』には掲げられたのか、そのいきさつもわからない」、「挿絵そのものは、詩とあわせて、一般読者に、詩の作られた状況を、まことに稚拙に通俗調で伝えている」という感想を述べている。たしかに何の予備知識もなく読み始めたときから、それらの挿絵はいかにも古くさい印象ではあった。ただ、時代的にそういうものと思ってしまったきらいもあるから、岡井氏のきわめて真っ当で率直な批評がおもしろかった。なお、岩波文庫『うた日記』の佐藤春夫の解説は、挿絵について久保田米齋、寺崎、蘆原三名の名をあげており、「一種図案的な画風」で、「この集を飾るには足るもの」という評価を添えている。

ついでながら、複刻版で読むことが、もうひとつ大きな意味をもたらしてくれたことについて、ここに書き添えておきたい。

随所で触れているとおり、鷗外は『うた日記』の作品表記に分かち書きを採用し、短歌や俳句の五音、七音の各句の間に一字あきを施した。これは書簡などにしたためた場合とは異なる表記法で、単行本化する際に意識的にみずから考え、決定したことであったようだ。

短歌は分かち書きのうえ改行して二もしくは三行どり。では、それ以外の歌体ではどうか。たとえば「釦鈕」は仏足石歌体の五首だが、一首を五七／五七／七／七と分かち書き改行のうえ、この四行を一連として五連つらねた詩のかたちに見える構成になっているのである。旋頭歌の場合も同様で、つまり短歌・俳句のほか、試みた歌体がおしなべて新体詩のように目に映る。このことについては、複刻版と他を読み比べるなかで、ようやく気づいた。『うた日記』は、『於母影』（明治22年8月）でさまざまな音数律を実践した延長線上に位置する意欲的な刊行であったとみることができるであろう。

24

君に問ふ　恋の偲(しのび)の　係慕(あこがれ)の　くしき薬は　いまだなしやと

（薬いぢりすといひおこせし友に）

君よ、恋を偲んでいるときに、どんなにか願うであろう霊妙な薬は、まだないのかね。（薬学を物すると伝えてきた友に）

【出典】『うた日記』。「あふさきるさ」の章にあり、戦地からの手紙に書きとめた体裁だが、相手を含め、すべて創作のようにも思われる。

主に戦争従軍記の性格をもつ『うた日記』に〈恋〉の主題はそもそも異色のはずだが、歌による表現に挑み、抒情を抜きがたく意識した鷗外にとって、主題としての〈恋〉は、かねて無視しがたい文学上の大テーマだった。ドイツでの個人的体験も胸中から消え去っていたとは思いにくい。女性に寄せる想いをどう詩作に載せるか、真剣に向き合う限りは文学の問題である。陣中にあっても思索にゆとりが生ずれば、折々に頭をもたげたことだったろう。苦悩を深める鷗外に、新詩社の恋愛至上主義はどう映ったのだろう。

新派の歌をめぐって小金井喜美子や賀古鶴所に探るような問いかけをした鷗外である。晶子の歌が日本の伝統的意匠を難なく踏み越えて独特の華やぎを獲得してしまったことへの戸惑いと違和感があったにしても、個人の恋愛感情を謳歌することにためらいを見せない開放的な表現の強靭さにたじろいだともいえるのではなかったろうか。ひそかに晶子の真似をし始める鷗外なのだ。恋の主題がこうして『うた日記』の終章近く、そっと添えるように置かれていることも否応のない心情、表現意欲の流露だったのであろう。

「くしき薬」（妙薬）については、日本よりも西欧の伝説や物語によく登場する素材である。鷗外は留学中にオペラに親しみ、とりわけワーグナーの楽劇に心酔したという。「トリスタンとイゾルデ」の、死ぬための毒薬とすり替えられた愛の薬が想定されていたのかもしれない。

*つづく二首も同じ相手からの返歌に向けたさらなる返歌である。友は、愛の妙薬ならあるけど匂いが洩れるよ、開けられるかい？とからかうように応えた。そこで中国の故事をふまえ、賄賂を送ろうか、妙薬を盗み出すのが得意な女人を遣わそうか、と物騒なことを言い出したことになっている。さすがの自在さ。それにしても、毒薬があるのがせいぜいの日本に対して、西欧ではもっと人の心に作用すべく惚れ薬だの一時的に死んでしまう薬だのがあることに、鷗外は素直に驚嘆したのではなかったろうか。

*つづく二首―
賂（まひ）なしに　あけん薬の　筐（はこ）ならじ　いでや盗みに　嫦娥（じやうが）を遣らん（同じ人薬はあれど匂洩らんを恐れて筐をえ開かじといひおこせけるかへし二首）
筐（はこ）のうちに　恋の薬の　まことあらば　冠（かがふり）ゆづる　王もやあるべき

25　ふふむ薔薇（さうび）　見れば羨（うらやみ）　なきにあらず　さはれ咲きしを　悔ゆとおぼすな

ふくらみかけた薔薇こそは夢にみちて誰しも羨ましいもの。といって、もう咲いてしまったことを悔いたりはなさいますな。

【出典】『うた日記』。初出は「明星」（明治38年9月）の「曼荼羅歌」十五首。その第一首で「さうび」の表記、一字あけがないことのみ異なる。署名は〔ゆめみるひと〕。

『うた日記』も最後の章「無名草（ななしぐさ）」となり、帰国凱旋を目前にして家族を思い、心和らいでいるような詩歌が並ぶが、やや様相を異にする歌群が巻末近くに挿入されている。異質な印象を与える第一は、語彙がそれまでの作品と別領域のもので、思い切っていってしまえば、与謝野晶子のなぞりに近いということである。「19　冬の神」ですでにその兆しについて述べたが、さらにその意図は鮮明になっているといえそうだ。古今集の物名に貫之が「さうひ」と詠み入れたノイバラとは違い、＊晶子が詠み入れる「薔薇（さうび）」には、明治時代以降の栽培種のバラがイメージされていて、鷗外はそれをふまえていようし、二重否定や敬語を添えての禁止の文体の特徴など、徹頭徹尾似せているとみるほかない。掲出歌はそんな歌群の始まりから二首目に当たる。そ

＊晶子の歌の「薔薇（さうび）」――『みだれ髪』では「くれなゐの薔薇（ばら）のかさねの唇に霊の香のなき歌のせますな」と比喩表現に用いた。その後「薔薇（さうび）がさねの裳（も）」（『小

の前に置かれているのは挨拶のような一首だ。

いもうとの　工（たくみ）めでたし　なに人か　見えぬこころの　わがあとたづねん

「いもうと」は実際の妹ではなく、歌詠み一族のなかで妹格というべき晶子をさすのだろう。とにかく技巧的には巧い。しかし、何者かというところでまだまだ見えないところが多い。自分がその跡を探ってみることにしよう、というのだと思う。下の句は「見えぬこころのあと　わがたづねん」と置き換えてみるとわかりやすい。晶子の歌もまたその初期に文脈の混乱を怖れぬほど前後のことばを置き換えてしまう口調を持ち味としていた。

そして、掲出歌である。咲く寸前の花の姿を愛でつつも、咲ききってしまった美にもう先がないと失望したりしてはならない、というのだから、才質が花開いた晶子の歌の謎めいた牽引力に、とことんつきあってみようというのであろう。

扇』）、「さうびちる」（『佐保姫』）、「うすあかり薔薇（さうび）にさして」（『春泥集』）など好んで詠み入れている。「薔薇（さうび）がさね」は襲（かさね）の色目であるが、華麗さのニュアンスである。「薔薇（ばら）のかさねの唇」は、大胆な官能的暗喩であるが、このように女性の身体や表情に西洋的な花のイメージを重ねる表現は、新詩社が積極的に応用してみせたアール・ヌーヴォー絵画の影響であることが知られている。

新詩社風の歌

先に挙げた「いもうとの」の一首から切り出して、「25 ふふむ薔薇」、次に触れる「26 緋綾子に」を含め、『うた日記』の巻末は、最後の詩一篇を残すところで全体三十二首の新詩社風の歌を集めた一連になっている。そのうち十四首は「明星」（明治38年9月号）に掲載された「曼荼羅歌」を初出とし、そのときの署名は「ゆめみるひと」であった。「明星」への出詠であることを意識したものとみえて、新詩社ふうの歌のことばをちりばめたような作りであることが目を引く。三十二首のなかから、ここに少し拾っておきたい。初出が「明星」である歌にはその旨を記し、併せて「明星」掲載時に添えられていた平野萬里の「附言」を、また「附言」で触れられている「歌くらべ」がそこにつづけて同じページの下段に組まれていることから、その「歌くらべ」六首も引いておくことにしたい。この時期以降の鷗外の歌が志向するところをうかがわせるように思う。

くれなゐを　照日にきほへ　から葵　われは伏目の　小百合白百合

＊白百合─「しろ百合」は雑誌「明星」でこの表記が見られ、釈迢空は新詩社の符帳的な言い方としているが、明治時代のはじめにキリスト教とともに聖母マリアの花として受け容れられた当座、白い百合は「しろゆり」と呼ばれていた可能性もある。また、社内では初期に女性同人を花の名に「白」をつけて呼ぶ習慣があり、「しろ百合」は山川登美子をさしていた。

「明星」（明治38年9月号）

おほかたは　寂しと避きぬ　さらぬさへ　かたき胡桃とかへりみざりき

「明星」（明治38年9月号）

わざをぎに　くらべて傲り　ぱちゆりの香　身にしめてこし　人をおそれき

【語釈】○わざをぎ─俳優。

まづとつぐ　妹に泣く　老嶋田　紫紺の羽織　ぬぎてをさめつ

「明星」（明治38年9月号）

夢みけり　世知らではつる　少女子が　墓に挿すてふ白花さうび

たがはざりき　名を知りてより　八年経し　聞の及の恋にはあれど

燭照るや　見れば見まさず　見ねば見ます　君が目なざし　項のうへに

何とかは　まだ疎き君　見ましりと　きのふの文の　紅を悔いにき

「明星」（明治38年9月号）の「筆のあと何と見まさむゆくりなく書きつる文の紅を悔いにき」を改作

光あれと　呼ばん日久に　待ちし日は　けふぞ心よ　闇よりさめよ

ゆあみはてて　立つ塗床（ぬりゆか）の　上曳くや　緑七尺　束（た）げんものうし

「明星」（明治38年9月号）

附言、この「曼荼羅」と、「歌くらべ」とは、戦地にいませる源高湛先生より、その御留守宅へ送られしざれ歌に候。今遠く先生を思ひてこれらの稿を見るに、その間いたく興をおぼえ候まま、乞ひて御送りいたし候。萬里。

歌くらべ　「明星」（明治38年9月号）

わがこゝろ何をおふらむかたまどひ凝らすひとみにはてしなきやみ　（晶子）

わがまもる木かげ夕やみ人の目になにか見ゆべきな問ひそ御許（おもと）　（拙者）

つみすてし野ばらながれぬ夕川の橋のはしらにただよひつゝも　（晶子）

江にちるや柳はなわた釣りいとにふれてよどみてまたながれゆく　（拙者）

初夏のわかばのかげによき香するたばこをのむをよろこぶ人と　（晶子）

ゆくりかにむねこそさわげいづくゆかハバナの香する君もあらなくに　（拙者）

晶子と鷗外（拙者）の「歌合わせ」ならぬ「歌くらべ」の体裁である。萬里の「附言」から判断すれば、鷗外が戦地で晶子の歌を選び、自作と取り合わせたもの、あるいは、晶子の歌に触発されて詠んだ自作を並べたとみることもできる。晶子の歌は『小扇』（明治37年1月）、『舞姫』（明治39年1月）にみえる歌である。『舞姫』刊行は凱旋する月であるが、二、三首目の初出は「明星」（明治38年6月号）であることから、鷗外は戦地でおそらく萬里から送られたのであろう『小扇』と「明星」（明治38年6月号）とによって晶子の歌を読んだのであろう。原作と鷗外が引いたかたちとは、漢字、かなどの表記以外の違いはない。晶子の歌を読んでいるぞというメッセージをこめたものといえそうだ。

なお、「歌くらべ」の鷗外の作は、三首それぞれ『うた日記』の「無名草（ななしぐさ）」、「うた日記」、「無名草（ななしぐさ）」に収められている。

26

緋綾子(ひりんず)に　金糸銀糸の　総模様　五十四帖は　流転のすがた

緋色の綾子(りんず)に金銀の糸で刺繍をほどこした総模様。かの『源氏物語』とは、かくのごとく絢爛だが、それは王朝の高貴な男女の流転の姿を描いてもいるのだ。

【出典】『うた日記』

【語釈】○綾子＝綸子・綾子。なめらかで光沢のある染め生地。

この一首も『うた日記』巻末の短歌三十二首中にある。一連全体リアリズムを避け、恋愛の心情をまつわらせつつ美のイメージを形象化するなど、それまでの鷗外の歌にはみられなかった要素が横溢している。明らかに大きく舵を切った鷗外の歌といえるであろう。

「五十四帖」は、むろん『源氏物語』である。明治四十五年二月に「桐壺」から「乙女」までの二十一帖を与謝野晶子が『新訳源氏物語』上巻として金尾文淵堂から刊行するまで、現代語訳と呼ぶにふさわしい本はなかった。読むとすれば古来の注釈本の数々を参照して原典に接するものなのであった。

この『新訳源氏物語』上巻に、鷗外は上田敏と並んで序文を寄せている（署名は文学博士森林太郎)。そのなかで古典の「翻訳」刊行がみられる時代を迎えたなかでも、「源氏物語の訳本が一番ほしうございます」と述べ、「与謝野晶子さん」こそ適任であるとした。鷗外は少年時に漢籍、蘭学とともに古典も学ぶなかでおそらく『源氏物語』を読む機会はあったと思われる。掲出歌において王朝絵巻の華麗さをイメージしつつ「流転」に言い及んで〈もののあはれ〉をにじませるところには、鷗外なりの源氏観がうかがえるし、そのことが、歌の内容を華やぎのみの浮薄さから救ってもいるはずである。

与謝野晶子の『新訳 源氏物語』中巻の校正一切を鷗外が引き受けた話については「**コラム2** 離婚の真相」で触れたが、そのはるか後、昭和十三年十月から十四年九月にかけて、晶子は再度の現代語訳として『新新訳源氏物語』六巻を刊行する。その「あとがき」で、晶子は『新訳源氏物語』に序文を寄せた敏、鷗外と、美しい装幀を担当した中沢弘光の名をあげ、「三先生に対して粗雑な解と訳文をした罪を爾来(じらい)二十幾年の間私は恥ぢ続けて来た」と記した。それが再度の現代語訳刊行の原動力だったということだろう。

鷗外の一首にもどる。綾子、刺繍、総模様など、鷗外の歌には初めて導入された領域の語であった。衣類に関する趣味や嗜好は、洋と和との違いや自身の地位に関わることを除けば無頓着に近い鷗外でもあったようだし、まして和服の染めやら織りについては何の関心も知識もない。それが、一転して知ろうとし、妻に頼んで花嫁衣装の詳細を教えてくれと頼んだりし始めたのは、明治三十八年七月のことであった。催促までして妻に問い合わせた花嫁衣装のことを、育児に忙しい妻は怪訝にも思いながら書いて送り、鷗外を喜ばせた。そこで鷗外は小金井喜美子に「㊙ 何をか絢爛の筆といふ」(書簡五一七)を書く。「**参考** 鷗外の新派短歌批判」に示した「㊙ 新派長短歌研究成績報告書」(同五〇九)に継ぐ、再びの新派短歌批判であった。

〔参 考〕

再びの新派短歌批判

㊙ 何をか絢爛の筆といふ

こんなむづかしい題をすゑては見たが、何も論文を書かうといふのではない。新派の女王鳳晶子の筆は絢爛人目を奪ふといふのは崇拝者一同の一致して称揚する所だが、その絢爛といふものがどうして出て来るかといふことを誰も十分に詮議して見たものはないやうにおもふ。例えば(ママ)「みだれ髪」に「浅ぎ地に扇ながしの都ぞめ九尺のしごき袖よりも長き」又「恋ごろも」に「上二枚なか着はだへ着舞扇はさめる襟の五(イッ)いろのえり」同書に「髪にさせばかくやくと射る夏の日や王者の花のこがねひぐるま」これ等が崇拝家のいはゆる絢爛中の絢爛だらう。さて崇拝家たるお若い連中が目をまはす一の原因はこんな歌は古来無いといふにあるにちがひない。これは実に御尤千万でたしかに古来ないに相違ない。しかし古来ないことを始てやつてもそれが又誰にも出来ることだとあまり驚嘆にあたひしないだらう。

そこで、此新詩社の大いなる「技巧」とかは果して誰にも出来ないだらうか。なるほど下宿屋ずまひの書生さん達は呉服の名や染色の名はあまり知るまい、知らないから出来ないだらう。拙者なんぞも矢張り御同様に浅葱とは青いいろの薄いのとはおもふがきものでどの色がたしかにあさぎ地かしらない。扇ながし。ははあ成程扇と水のもやうをいつか見たやうだ。あれだらう。都染。はてな。都で染めたのだといふ丈か、それとも都染といふ染かたでもあるのか。其遍甚だ不たしかだ。九尺のしごき。へえ、しごきといふものは九尺でございますか。先づこんな次第で一寸手がつけられないやうなものだ。しかし娘ツ子やおかみさんに問へば皆朝飯前に解答の出来る問題なのだ。不幸にはか但しは幸にしてか娘ツ子やおかみさんの多数はこれ迄歌をよまないからこんなことをもうなり出さないのではあるまいか。そこで拙者が一つ試験を実行して見た。［（略）・妻の婚礼衣装について問い合わせて回答を得たので、それを三十一文字にならべてみたとする］「緋綾子（ヒリンズ）に金糸銀糸のさうもやう五十四帖（テフ）も流転（ルテン）のすがた」「函迫（ハコセコ）や紅白にほふ羽二重の襟にはさめる錆茶金襴（サビチヤキンラン）」「前ざしのこがねか櫛の瑇瑁（タイマイ）か否（アラ）ず映ゆるは黒髪のつや」晶子さんには甚だ失礼だがどうも身びいきの拙者の目には御名吟と大差はないやうだ。果して然らば三井大丸乃至三越のかきつけも亦是絢爛の筆にあらざるかなどとも云ひたくなるのだ。（後略）（終り）

注意。平野なぞにも極秘ですよ。

八月初　小金井きみ子宛　陣中より（書簡五一七）

（注）この書簡では、晶子の歌の新しさがまず服飾の「絢爛」さにあるとしている点が鋭い。古来いままで例のなかった趣向であるにしても、真似ができないほどのことはないとばかりに模倣を試み、自讃してみせるなどはご愛嬌だし、批評としては粗っぽいかもしれないが、晶子の初期の歌の本質をきわめて優れた直観に基づいて引き出している点で、瞠目すべき解析であると思う。

個人的な見解だが、与謝野晶子が幼少期からはぐくんだ美意識は、恋愛感情の高揚が短歌という表現様式と結びついたとき、和装の意匠の知識を容易に言語の美として象徴化する基盤となった。『みだれ髪』に、なぜおびただしいほどの染めや織りの名称、美しい衣装に身を包んだ舞姫や振り袖の町娘が登場するのか、それは極めて晶子の素朴な心情の源から発していたはずで、鷗外というすでに詩歌の翻訳まで数多く手がけていた知識人が、いたく素直にその源を探り当てていたらしいことに感じ入るほかない。新派、浪漫主義、恋愛至上、歌謡性、自我の解放、などの観点とは一線を画する晶子論のおもしろさの発端が、ここにはある。

現象としてみえるのは、晶子の歌が気になってならない鷗外のもどかしそうな思案の姿である。先の「秘 新派長短歌研究成績報告書」に隠さなかった反感が、凱旋を待つのみのゆとりのなかで、歌に向かう心の深まりとともに好奇心に基づく分析へとかたちを変えていったのであろう。その意欲を満たすに恰好の仲介者平野萬里もいる。「秘 何をか絢爛の筆といふ」の最後に「注意。平野なぞにも極秘ですよ。」と釘を刺しているが、むろん、鷗外は萬里も喜美子も信頼している。ただ、萬里に仲立ちとなってもらい、凱旋後は新詩社と交流するつもりであるから、萬里には事前に何も伝わらないほうが得策と考えたに違いない。

ここまで縷々書き送るほど興奮ぎみで、妹には自分の歌論の一環として打ち明けておきたい歌への執心が、そのまま素直に伝わってくる文面だ。その意味で共通している喜美子宛の「秘」の二通は、やがて常磐会を立ち上げ、その一方、観潮楼歌会を始める鷗外の短歌観を知るうえで見過ごすことのできないものである。

流離（さすらひ）に　似るも興ある　旅路よと　雪の夜汽車に　ふたりのりにき

新京極　くゆる魚蠟（ぎよらふ）の　燭千枝（しよくせんし）　見失はじと　御手（みて）にすがりぬ

廓（くるわ）近き　紫川の　ひがし町　町湯にしりし　舞子もありき

夕風に　袂（たもと）すずしき　常磐橋　上りの汽車は　なほ妬（ねた）かりき

この四首も『うた日記』巻末の短歌一連に収められている歌々である。二〜四首目は「明星」（明治38年9月）に出詠しているが、『みだれ髪』のあからさまな模倣であることはいうまでもない。晶子の真似なんていくらでも、と言わんばかりの素直な意地がうかがえておもしろいところでもある。

27

むこ来ませ一人はやまのやつをこえひとりは川の七瀬わたりて

七瀬八峰

めぐしき二人の娘御に佳き婿よ、来たまえ。一人は山の八つの峰を越えて。また一人は川の七つの瀬を渡って。

【出典】全集第十九巻。脚注「明四〇与謝野寛氏の二人の女児に名附けし時」

日露戦争が終結して、鷗外は明治三十九年一月七日宇品着。十二日、東京に凱旋した。そしてその年十月、新詩社小集に上田敏らとともに出席する。「明星」十一月号には「来賓森林太郎」と小さな紹介がみられる。鷗外が千駄ヶ谷の与謝野家を訪ねたのはこれが最初とみていい。萬里が案内したものと思われるが、賀古鶴所に挑発的な書簡を書いた鷗外が、いよいよみずから新派の本元とおぼしき新詩社の歌会に出席することとなったわけである。

晶子は翌春三度目の出産を控えており、それを知った鷗外は粋な計らいを見せた（おそらく名づけ親を買って出たのだと思う）。与謝野家では長男の光は上田敏、次男の秀（しげる）は薄田泣菫の命名であった。そんなことが話題になったのかもしれない。

その頃、すでに鷗外は歌のゆくえをめぐり思案を重ねており、与謝野家を訪ねる前の六月十日には常磐会を発足させていた。加えて、明治四十年三月には、与謝野寛（明治37年頃より鉄幹の号を廃していた）、伊藤左千夫、佐佐木信綱らを招き、観潮楼歌会を始める。鷗外が二つの歌会をほぼ並行して実現したことの意味は、やはり鷗外の歌に向ける強い意志としてみる必要がある。実際、こののち鷗外は常磐会で正統的な歌作りに励む一方、観潮楼歌会やそれにつながる歌の場では新派を強く意識した歌を貪欲に試みるようになる。両歌会については後述するが、両刀遣いの詠みぶりは、作品のうえに如実に表れているといってよい。

明治四十年三月三日、晶子は双子（長女と次女）を出産した。鷗外によって八峰（やつお）、七瀬（ななせ）と名づけられ、その二つの名を詠み入れて贈ったのが掲出歌である。歌の贈答や、挨拶のために詠む歌は鷗外の得意とするところであったが、プライベートな挨拶歌である点を割り引いても優れて魅力ある一首である。八つの峰と七つの瀬という一対によって双生児であるひと組のつながりを表し、スケールが大きく個性的な名である。その由来を語る歌の言葉の流れも緻密で、見事というべきだろう。鷗外のセンスがこんなところに生きていることを喜びたくもなる。

晶子は生まれた女の子を詠んだ自身の作を第七歌集『常夏』（明治41年7月）に収めるに当たり、次のように添えて、鷗外への敬意と感謝を示した。

とばり帳並めてあらせむ早春のしら玉と云ふ椿の少女
＊（二人の娘の生れけるとき源高湛先生婿きませ一人は山の八峰こえ一人は川の七瀬わたりてと云ふおん歌賜りければ）

＊二人の娘の―初出の「明星」（明治40年3月）での添え書きは「二人のむすめに、高湛先生より御歌そへて名を賜へるに」。

コラム4

鷗外の命名

鷗外は、みずからの子には西洋を意識した名をつけた。於菟、茉莉、不律（夭折）、杏奴、類。また於菟の長男は眞章、次男は富、茉莉の長男は爵で、いずれも鷗外の命名という。これだけ徹底していながら、杏奴を杏奴子と呼んだり書いたりしている。

詩人中原中也（明治40年4月〜昭和12年10月）の父謙助は軍医で、妻の懐妊の知らせを駐屯地旅順で知り、生まれる前に「中也」の名を書簡で知らせたという。命名者は上官の中野緑野であったが、中也は友人大岡昇平らに自分の名は謙助の軍医学校時代の校長、森鷗外だと語っていたという（別冊太陽『中原中也』平凡社・平成19年5月）。中也がそう思いたかっただけのことらしいが、謙助と鷗外のつながりがある以上、中也は幼少期から父に鷗外をめぐる話を聞いていたことだろう。翻訳詩で人気の高い鷗外、文豪として尊敬すべき鷗外の命名ということに憧れたのかもしれない。

28

わが足はかくこそ立てれ重力のあらむかぎりを私しつつ

わが足は、ほれこのとおりしっかりと地を踏みしめて立っている。重力の限りまでも、すべてを味方に引きつけて。

東京に凱旋してからの鷗外は功三級に叙せられ金鵄勲章を、つづけて勲二等に叙せられ、旭日重光章を授与された。第一師団軍医部長ならびに陸軍軍医学校長にも復し、その翌年八月には美術審査委員会委員を仰せつけられ、十一月には陸軍軍医総監に任ぜられている。陸軍省医務局長として毎朝八時から九時ごろ馬で弁当を別当（馬丁を鷗外はこのように呼んでいたという）に持たせ、二人とも馬で赴いた。長女の茉莉はその記憶を「黒い馬は気が荒くて強いので父が乗り、赤いほうには別当が乗って」（『森鷗外（一）』中央公論社・昭和41年1月「日本の文学付録24」）と語っている。

馬の横に立つ鷗外を写した写真が残っていて、明治四十五年二月六日の撮影という。身長162・5センチと伝えられる鷗外だが、馬を引く別当に比べ、

【出典】全集。初出は「明星」（明治40年10月）の「一刹那」二十一首。署名は〈ゆめみるひと〉。題は一連の第一首「一刹那千もとの杉のおほ幹とふもとの湖（うみ）と見する稲妻」から付けられているが、漢語を避け、促音を厭う和歌の心得を顧慮せず、冒頭からいかにも新派の様相を呈している。

【語釈】かくこそ立てれ―「こそ」の係り結びで已然形「立てれ」で結んだ強調文体。

馬の横に堂々とした体躯に見える。当時の鷗外の威厳の姿といえよう。

その自負のままに現在のおのれを内に秘めた声によって表明しているような掲出歌は、不敵なほどの胆力をみずから分析してみせるという歌の構築そのものが『うた日記』やそれ以前の歌とは根本から異なっている。伝統の様式から自由になろうとしていた意欲が起動力となっているといったらいいだろうか。

「明星」に寄せた歌であるだけに、『うた日記』の最終部にみられた新派を意識し、伝統的要素を削いだ手法を印象づける。「わが足」から直接自身の立ち姿のみを描写するかたちだが、その雄々しさを強調するかのような叙述を選び、下三句に至っては楽天的なほど自己に執着して宇宙ただなかにただ一己と言わんばかり。その姿勢が必ずしも新派のものというわけではないが、従来の手法にやや距離を置いて思い切った発想に依拠しようとしていることは確かで、すでに手探りの域を超えて、確信的に新しい歌を実践し始めていることが感じられる。のちの「我百首」に流れ込む鷗外の歌の姿、短歌観を知るには恰好の一首であろう。

29 むかし神の積みかさねつる千億の白き女人の身のなれる富士

その昔、天地創造の神が、見るからに白い女人の身を千億ほども積み重ねて成り立ったのが、この美しい富士なのだ。

【出典】全集。初出は「明星」（明治41年1月）の「舞扇」二十四首。署名〔ゆめみるひと〕。

つづけて日露戦争後の「明星」出詠作品からである。観潮楼歌会を維持している間の出詠であり、「28　わが足は」で述べたとおり、新派すなわち「明星」の詠風を意識してなしたことは明瞭である。鷗外は竹柏会の佐佐木信綱とはかねて親しく、結社誌「心の花」にも戦地から寄稿した。凱旋後の三十九年四月八日に竹柏会で「ゲルハルト・ハウプトマン」を講じてもいるが、「心の花」への寄稿はみられないから、歌の創作の面では新詩社に軸足を置く方針を固めたのでもあったろう。

掲出歌は、それに見合ういくぶん刺激的な主張になっている。ひと言でいえば、新詩社好みの西洋画に多く見られる神話的内容で、ヴィーナスの裸像が途方もない数で重なりあい、美しい山容を誇るまでに神は手を尽くすのだという。そうしてできたのが富士山だというので、つまりは山褒めの歌なのだが、大胆に官能的な発想を打ち出して読み手を引き込み、作者みずから面白がっているかのようである。歌の姿としては「明星」の志向するところで、晶子をはじめ「明星」の歌人たちはそうした趣向を主に絵画の世界から導入したが、鷗外にしてみれば自分の目で触れ、体験した西欧の美を記憶にとどめている感性の強みがあったことだろう。ややなまとした発想の印象がつよいが、空想を自在に、艶に広げた意味で、「明星」にふさわしい歌とみずから意識したのかもしれない。「女体」とせず「女人の身」と収めたところに品位が漂う。

いま、富士はゆるぎない国家の弥栄を象徴し、かつ世界に誇る美しさで一分の隙もない。神の思い入れをたっぷり具現化しているのだから当然だ。そんな鷗外自身の満ち足りた心のあらわれでもあるようだ。

30

我は唯この菴没羅菓に於いてのみ自在を得ると丸呑にする

その名も霊妙なる菴没羅菓よ。これを食めばこそ何事も意のまま、思うまま。さもあらんと我は丸呑みにしようぞ。

【出典】『沙羅の木』「我百首」。初出は雑誌「昴」第五号（明治42年5月）。同じ題、作者名森林太郎にて掲載された百首の第五首である。『沙羅の木』収録に際してルビの「ああ」を「あゝ」とした一点のほか異同はない。

インドで供物に用い、仏典にしばしば見える菴没羅菓*は、マンゴーをいうらしく、和名は天竺梨だが、鷗外の歌においては「菴没羅菓」の梵語に基づく音から、曰く言いがたい霊妙さを受けとめているとみられる。異国の、それも仏典に登場する果実の霊験に託して勢い込んで食べようとする心理を詠んだ一首。人間のはかない心根を述べて、自身をそこに重ねたのだと思う。

「自在を得る」願いをもつということは、しがらみや束縛の多い人の世を厭う思いの表れで、「我は唯…於いてのみ」とする限定にもそのニュアンスが感じられる。素材、うたい方、歌意いずれにも斬新な押しの強さがあり、百首のなかで引き立つ歌である。

岡井隆*は「我百首」について四つの〈章分け〉を試みるなかで初めの1〜

*菴没羅菓——『角川古語大辞典』によれば仏典に見える「菴摩羅果（アンマラカ）」が転じた語に「菴没羅果」があり、「菴羅」「奄羅菓・菴羅果」などともいった。

*岡井隆は——『森鷗外の『沙

25番までの歌を「私論(わたくし)（「われとは何者か」を問うたもの）プラス属目詠」でおおよそまとめられているとした。この分析には「我百首」とは「我百首(われ)」であるとする岡井説の根拠となる示唆が含まれているゆえに目をとめさせる。実際、この題が「我百首(われ)」か「我百首(わが)」かは迷うところなのだ。鷗外はこれについて明らかにしていないらしく、同時代歌人*にも両様に受けとめられていたようだ。

「『我百首』というタイトルは『我』に関わる百首ということだろう」とする基本に立ち、岡井は「我百首（われ）」とする表記も採用している（前掲書）。こちらのほうが題のつけ方としては創作であることの自覚が強くまつわるといえそうだ。百首による構築、主題性、百首による流れの意識など、この理解は現代短歌の立場によることを思わせるが、和歌の手並みを習得した鷗外が新派の歌に関心を寄せ、近代風の連作の手法を実践し始めたのだとすれば、「昴」*はその恰好の舞台となったということなのであろう。

『沙羅の木』は大正四年九月発行。著者名は森林太郎。発行は阿蘭陀書房、発行者は北原鉄雄すなわち白秋の弟である。白秋が装幀を手がけており、中扉には題の「沙羅の木」の下に同じく右から「詩集」と小さく添えられてい

羅の木』を読む日』（幻戯書房・平成28年7月）

*同時代歌人――たとえば斎藤茂吉の「森鷗外と伊藤左千夫」（『斎藤茂吉全集』第十三巻・岩波書店・昭和50年2月。初出は雑誌「浪漫古典」昭和9年7月）には「観潮楼歌会は明治四十年三月から四十二年夏まで続いた。その頃に出来た鷗外先生の歌は、わが百首と題して雑誌スバルに載った」とするくだりがある。茂吉は「我百首」を「わが百首」と読み、読者の多くはそこに違和感をもたなかったと思われる。この場合、「我百首」は〈拙者のなした百首〉のニュアンスである。

*「昴」――新詩社発行の「明

る。［「沙羅の木」の序］に従えば、訳詩、「うたひもの」と称するオペラの脚本の翻訳二篇、そして「沙羅の木」で、これは自由な律による詩十五篇および短歌「我百首」という構成であった。

また「我百首」について序文は、「雑誌昴の原稿として一気に書いた」としている。「一気に」という回顧をうなずかせる作品の姿が全体から受け止められると思う。自著にほぼそのまますべて収めるところには、ある程度の自負と自信があったとみていい。

個人の一時期の短歌作品を単独の活字本歌集に収録するようになるのは明治時代以降であり、鉄幹の『東西南北』（明治書院・明治29年7月）を嚆矢とするが、その刊行流儀は新派歌人の自覚を担うかたちでたちまち浸透、次々と歌集が刊行されるようになった。歌集刊行には一首一首の採択、並べ方等を含む編集の作業をともなうが、並行して個々の作品の推敲も当然の作業として心得られていた。

鉄幹や、その後の与謝野晶子を含めて歌人たちは普通、新聞や雑誌に出詠した作品は、歌集収録時に一首一首に推敲を加えたり、配列を検討したり、一連の構成を思案したりすることが多い。晶子はそのあたりについて無造作と

星」が明治四十一年十一月、百号をもって終刊したあとを受けて、新詩社の若手歌人が編集、発行した月刊誌。明治四十二年一月から大正二年十二月まで全六十冊を発行。与謝野寛、晶子、石川啄木、北原白秋、吉井勇ら新詩社の面々が寄稿する場となったが、編集は啄木、平野萬里がうけもち、事実上与謝野夫妻の勇退を印象づける後継雑誌であった。夫妻はほぼ同時に「常磐樹」の発行を始めている。一方、啄木らが「昴」の顧問格として迎えたのが鷗外で、鷗外は全号に欠かさず執筆。長編小説「青年」、「雁」も「昴」に発表された。発刊の経緯からも詩歌作品を重んじ、第五号、第二年第一号、第十一号を「短歌号」として特集した。

もいえるが、それでも初出と歌集とで一首に違いをみることは少なくない。

鷗外は『うた日記』刊行のときを含めて改作、推敲については淡泊だったようである。「我百首」においての表記の小さな違いは印刷過程によるものとも考えられ、一切手を加えなかったというくらいに受けとめられもしよう。相当な自信、あるいは、もう少し穿った見方をすると、この百首は新派を意識してのもの。新詩社の歌人の手振りにあわせたもので、見よう見まねの挑戦作。結果としてのよしあしはむしろ問いかけたいところで、これでどうだ、と言わんばかりの百首だから、推敲の余地があろうはずもなかった、ということなのかもしれない。

31

或る朝け翼を伸べて目にあまる穢を掩ふ大き白鳥

ある朝のこと、その大きな白鳥は翼を思い切り広げ、この世の目に余るほどの悪や忌まわしいけがれをすべて掩い隠そうとする。

【出典】『沙羅の木』「我百首」

厭世の思い濃厚な一首で、自身をその白鳥になぞらえつつ願望をこめた幻想ふうに描いている。「穢（けがれ）」を厭うといっても神事にまつわる儀礼的な祓えのイメージよりは、人の世の見苦しい欲望や悪意、それに基づく競り合い、諍い、どこにでもいつでも生ずる対立の構図を忌避する思いである。この世の現況はすでに「目にあまる」ほどだという嘆きに基づき、その一切を掩い隠す白鳥の翼はないものかという心に発したものであろう。

では、なぜ白鳥なのか——。西欧の文学に親しんだ鷗外が中世ヨーロッパの白鳥伝説に関心を寄せたことはじゅうぶん想像できる。白鳥は人びとの暮らしに舞い降りて人びとと交わり物語を残すが、それはたえず聖なるものの象徴として機能していたのではなかったろうか。ワーグナーに心酔した鷗外が白鳥を〈神の使者〉としてイメージするとき、白鳥の化身となって乙女との愛を結婚にまで進展させながら、人間界の男女としては破綻してしまう聖杯騎士ローエングリンに、鷗外は当然、自己投影を願ったことだろう。

ただ、神話的伝説的背景に比べ、ささやかな短歌一首は善と悪、美と醜といった単純な対立項の読み取りに陥りやすい。だからかどうか、掲出歌は白鳥の客観描写にとどめたのかという気もする。とはいえ、読者はおのずとこの歌に「穢を掩ふ」行動に出る鷗外を思うことだろう。

短歌という詩型を文芸として愛し、新時代の短歌にも関心を寄せ、歌の今後について自身が負うべき領分としても意識していた鷗外が、歌壇の勢力図に無関心なはずがなかった。［「沙羅の木」の序］には、観潮楼歌会開催を実現した鷗外の意図を探らせる内容として、よく知られているくだり*がある。雑誌「アララギ」と「明星」の仲立ちをしようというのがその趣旨であった。

もっとも、この回顧をそのまま受けとめるとしたら表面的に過ぎるだろう。片や、山県公を上に戴いての常磐会を半年前に立ち上げていた鷗外であった。

*よく知られているくだり―其頃雑誌あららぎと明星とが参商（今野注＝しんしょう。参星（しんせい）と商星（しょうせい）で西の星と東の星の意）の如くに相隔たつてゐるのを見て、私は二つのものを接近せしめようと思つて、双方を代表すべき作者を観潮楼に請待した。此毎月一度の会は大ぶ久しく続いた。我百首を書いたのは、其会の隆盛時代に当つてゐる。

32

おのがじし靡ける花を切り揃へ束に作りぬ兵卒のごと

めいめい思い思いに靡いている花を切り揃えて束にしてみた。兵卒たちをまとめるに等しく。

【出典】『沙羅の木』「我百首」

【語釈】○兵卒―旧陸軍での兵長・上等兵・一等兵・二等兵ら統率を要する兵士たち。

軍医といっても鷗外自身は軍を率い、統率して転戦を繰り広げた司令部にあり、その意識でいた。『うた日記』にみたとおりである。兵卒を率いて凱旋したおのが誇りからすれば、花を摘み、花束にするしぐさに、おのずと彼らが重なってしまう。そう述べている歌であるが、この一首は全体が比喩となっており、そのことに気づかせる一点が初句の「おのがじし」であろう。そもそも「おのがじし」といえば、「心の花」*の基本精神であった。

鷗外は国文学者であり歌人である信綱についても早くからその仕事ぶりを視野の内にしていたし、交流*も密であった。信綱の第一歌集『思草』（明治36年10月）刊行に際しては「おもひ草の序」（署名は源高湛）を寄せたが、『思草』に賛辞を送りつつ、同時に歌人としての強い自覚に基づき、歌の命運をここ

＊「心の花」―明治三十一年二月に佐佐木信綱が創刊した短歌結社誌の草分け。

＊交流―従軍中、鷗外が寄稿した雑誌といえば「明星」と並んで「心の花」であり、おりおりに送った短歌のう

に懸けるというほどの思い入れを率直に示しているとみえることが興味深い。擬古文体で格調は高いものの解読にはいささか骨を折る序文だが、四点ほどにまとめられる要点のうちの第三点に注目しておきたい。

最近の歌集はそれぞれに趣が違い、〈おのがじし〉珍しさを湛えているのは頼もしい。あらたまるものは〈詩の意〉、永久にとどまるものは〈形式〉であるとはいえ、変わるなかにも長くとどまる〈真ごころ〉はあり、そこから〈未曾有の新なるしらべ〉はきっと生ずる。〈おのがじしなる表現の数〉には限りがない。

おおよそそんなことを述べるなかに鷗外は二度にわたり〈おのがじし〉という語を発した。加えていえば、全体に歌への執着を漲らせた序文なのだ。和歌革新には当初から強い関心を寄せていた鷗外だが、旧派和歌に不満をもつ一方、明星派の歌が技巧的修辞に走り、難解であることには危惧を抱いていて、陣中から小金井喜美子に宛てた書簡のなかでつぶつぶと述べていたことはみたとおりである。歌人としては源高湛を名乗り、自身の血に脈々と流れているはずの王朝時代以来の歌びとの〈心〉を自覚しつつも、新しい表現を試みたい。変えたい。しかし守る思いも強い。その姿勢にとって、竹柏会

ちの二十首ほどは『うた日記』に収録されている。明治三十四年（月日不明）、小倉から母峰子に宛てた「書簡二八二」では「心の花」が話題となったついでに「信綱君は人はよし歌はわるしと存候」などと添えているが、こう言ってのけるほど信綱の歌業にはつねづね目を向け、信頼していた。

の〈おのがじし〉の理念は、救いでもあったのではなかろうか。短歌のゆくえを見守ろうとする鷗外にとって、志がその思いのまま受容される貴重な器に等しかった。信綱にはそのままの信綱でありつづけてほしいと願ったのであろう。ついでにいえば、鷗外が立ち上げた観潮楼歌会と常磐会の両方に最後まで関わったのは信綱ひとりであった。

さて、掲出の一首。初句の「おのがじし」は当然竹柏会の理念を思い起こさせよう。その流れで「おのがじし」なる歌の道のさまざまが立ち上がってくるから、それらを花束さながら束ねるという意味合いが生じてくる。いうまでもなく月例の観潮楼歌会が開かれていた時期の作である。鷗外は、歌人たちの個々の流儀を尊重しつつ、なんとか自分が今の歌の状況を統べくくりたいと願ったのであろう。

「我百首」は、鷗外が心ゆくまで楽しみながら詠んだ歌の集合体であると思うが、同時に、鷗外による歌人たちへのエールであり、また新派旧派入り乱れる歌壇のなかで、鷗外が自身の存在感を示す意識で成り立たせた大作でもあったのだと思う。むしろ、そこに、秘めた主題があったのかもしれない。

33

黙(もだ)あるに若かずとおもへど批評家の餓ゑんを恐れたまさかに書く

何ごとにも沈黙が一番。やたら筆を執るのは控えようとは思うのだが、それでは世の批評家たちが干上がってしまうからね、それじゃ申し訳ないから、たまに書いておるのだよ。

【出典】『沙羅の木』「我百首」

【語釈】○黙(もだ)—沈黙の意。短歌表現には現在も残っているが、古語で「雄略紀」に用例がみえるほど歴史は古い。「もだある」のかたちをとることが多く、鷗外の例は正統的。万葉集には「黙然(もだ)をりて」とする用法もみられる。

皮肉というよりは、鷗外独特の語りのユーモアを味わいたい歌。同時に旧派の和歌からはかなりの隔たりがあることを誰もが思うであろう。もちろん鷗外はそんな読者の反応は承知のうえで新派意識を前面に出し、挑戦の心をもってこのような試みをみせたものと思う。

内容としては、つねづね思っていることをふっと口にしたような気楽さで、してやったりの表情もうかがえよう。けっこうおもしろがって悦に入っていたのではなかろうか。

全集第三十八巻の「著作年表」をたどると、小説の処女作『舞姫』を「国民之友」(明治23年1月)に発表したその月に、鷗外は早くも「舞姫の評に就て」

を「読売新聞」に書いており、文芸評論家気取半之丞（石橋忍月）が翌月の「国民之友」に書いた批判には、「しがらみ草紙」七号（明治23年4月）の「気取半之丞に与ふる書」によって応えた。忍月と鷗外の応酬はその年四月から五月にもなされ、同年八月に『うたかたの記』（しがらみ草紙）が発表されると忍月は同作に矛先を向け、それを承けて鷗外が十一月、十二月に「国民新聞」「しがらみ草紙」で反駁。それは、文芸評論が活況となる様相でもあったようだ。その間に鷗外は外山正一とも論争しているし、作品発表と並行して寄せられる批評、批判にはことごとく応じていたように見受けられる。その姿勢は生涯変わらなかったとみてよいのだろう。

医学雑誌、文芸雑誌を次々創刊し、発行をつづけたことを考え合わせれば、ジャーナリズムの力を信じていたといえようし、鷗外はつねにその中心であらねばならなかった。常に発言しつづけていなければ落ち着かないのは気質でもあったに違いない。そんな背景を思うと、掲出歌の言い放ちは、かなり刺激的でおもしろい。

34

君に問ふその唇の紅はわが眉間なる皺を熨す火か

恋人よ、その唇の魅力あふれる紅は、わたしの眉間に刻まれた苦悶の皺をのす炎の色であろうか。

【出典】『沙羅の木』「我百首」

岡井隆の読解に従えば、「我百首」の第三十首に当たるこの歌は、「恋愛論、夫婦論」でまとめられたなかに位置する。たしかにこのパートでは恋人どうしと思しき二人を描き、〈恋〉そのものについて語り、多くは異性を登場させているから、主題としての〈恋〉は濃厚だ。異性を観る目に一首の発端がありそうなことから、おおよそ女性論、異性観という括り方もできようか。〈恋〉はそこに内在する主題ということになる。

それにしても鷗外は、恋の歌はあまり得意ではなかったのではなかろうか。むしろ苦手だった。しかし、意地でもそんなそぶりは見せたくなかったに違いない。題詠中心の和歌なら女人になりかわって恋情を訴えるとか、非現実の誘惑の歌だって重々ありうるのだが、それに鍛えられたという印象はない。

君が胸の火元あやふし刻々に拍子木打ちて廻らせ給へ　第三十四首
わが魂(たま)は人に逢はんと抜け出でて壁の間をくねりて入りぬ　第四十五首
善悪の岸をうしろに神通の帆掛けて走る恋の海原　第四十六首

空想味、幻想味を意図したように読めるが、どこか空回りしている感じがする。

個人の実際を虚実織り交ぜて歌の世界の中心に据える近代短歌にみずから足を踏み入れたとき、新詩社の恋愛至上主義がそのまま鷗外自身の作歌法として機能するなりゆきにはならなかったようだ。もともと新詩社の恋愛至上主義にしても西欧の〈恋愛〉の導入だったが、鷗外にとってはそれ自体が文学以前の現実体験だったわけだし、その作品化をもって小説家の地位を確立したのだから、今さら同じ抒情を異なるジャンルでなぞることなど考えられなかったのかもしれない。

掲出歌にうたわれているのは女人の唇の蠱惑的ないざないと、恋につきまといがちな苦悩であって、その対象には少しの不足もない。ただ、鷗外のうたい方には、いま挙げた三首もそうだが、こういう場合、茶化すような歌になる傾向がある。どこかはずして戯れ歌めかすわけで、その点が「我百首」の〈恋〉の歌の趣を決定づけていたように思う。

比較的よく知られている次の歌などもその典型であろう。

爪を嵌む。「何の曲をか弾き給ふ。」「あらず汝が目を引き掻かむとす。」　第四十一首

歌の主体の前にいる女性はなにやら男女の間の恨みを抱いているらしい。

また、次に挙げる第六十三首は岡井の章分けでは生活の歌を集めた第三部の始まりとなる歌だが、先にみたように女性論として前の歌々とのつながりで読むこともできるかと思う。ただ、その内容といえば今の時代ならセクハラものだし、その意味で目くじらを立てずとも、やはり品がよいとはいえないし、その次の第六十四首も悪趣味としか言いようがない。

処女はげにきよらなるものまだ售れぬ荒物店の箒のごとく　第六十三首

触れざりし人の皮もて飲まざりし酒を盛るべき嚢を縫はむ　第六十四首

＊爪を嵌む。——「国民新聞」に掲載されたことから観潮楼歌会（42年4月5日）での歌とわかる（巻末「観潮楼歌会をめぐって」参照）。全集第十九巻の後記によると、鷗外が同紙に「昴社中の歌」の掲載を持ちかけた。

＊処女はげに——観潮楼歌会（42年3月6日）での歌。

35

我（われ）といふ大海の波汝（なれ）といふ動かぬ岸を打てども打てども

大海の、わたしはうねる波なのだ。〈汝（なれ）〉という動かぬ岸に幾度も幾度も打ち寄せる。それでもなびかないのはなぜかね。

【出典】『沙羅の木』「我百首」

口説いても口説いてもなびかない相手がもどかしい。わたしでは不足かといきり立つように言う。想いを受け容れてもらえない男の嘆きというべく、しかし悲恋の哀しみというには、かなり戯画の要素が強い。鷗外が自分流と心得ていたかに見える〈恋〉の歌の姿そのままである。

うたい方として初句の「我（われ）といふ」と第三句の「汝（なれ）といふ」が対比的に配置されていることに目を向けておこう。二つのルビは初出の「昴」から付せられていた。汝は「な」*「なれ」「なんじ」などの読みがあるから、この歌ではルビがあったほうが迷いが生じない。一方、初句の「我」を読者はまず「われ」と読むであろう。それでも双方にルビを振っているのは、明らかに対比を意識した構造だからである。

＊「な」「なれ」—上代では最も一般的な対称代名詞であった。しかし、平安時代以降は歌のなかくらいでしか使われなくなったという。実は、現代短歌でも「な」

この一首を前にすると、「我百首」の〈我〉は「わが」ではなく「われ」と読むとする理解に傾くような気になるが、どうだろうか。勢い込んで〈我〉について考える、とまず言挙げしているようなうたいだしではある。一首のおもしろみも、その対比的構造のうちに虚しい恋の情を読むところにあるのだと思われる。

「なれ」は、敬意を伴わない二人称として夫が妻に、親が子に、というかたちで使われる語であった。恋人という場合も男性が女性に用いる。掲出歌において、歌の主体に対して恋人と思しき女性はすげないのだから、その意味では女性のほうが優位に立っているのだが、それでも一首をなすときには「汝(なれ)」として「我(われ)」に対応するわけである。これは、鷗外が古来の和歌の用語に慣れていたという当然の選択であると同時に、鷗外の女性に向ける意識の本質をうかがわせるといえようか。

「なれ」ともに身近な代名詞で、実際に使われている。

36

籠のうちに汝幸ありや鶯よ恋の牢に我は幸あり

籠の鶯よ、幸せかね。囚われて、仮に恋のみを貫いて生きてゆくのであったら、わたしにとっては幸いだと思うよ。

【出典】『沙羅の木』「我百首」

【語釈】○もたり――「もちたり」が転じたラ変動詞。持っている。

恋の情熱をぶつけたような歌がないわけではない。この一首の趣旨は命をかけても遂げたい恋を追い求める夢想であって、しかしそれは虚しく、諦念に近い恋情のゆくえを思う哀切さには、曇りも邪念もない感じである。「我百首」の歌のなかにこのような歌がそっと置かれていることには、やはり目をとめたくもなる。鷗外はそんな想いを生涯秘めて通したのかもしれない。「我百首」にもその片端がうかがえるということはそれのみでじゅうぶん興味深い。

いにしへゆもてはやす径寸といふ珠二つまで君もたり目に　第三十一首

彼人はわが目のうちに身を投げて死に給ひけむ来まさずなりぬ　第三十二首

自分を惹きつけてやまない大きな瞳をいう第三十一首。一心に見つめていたら、わたしの目のなかに身を投げて果ててしまったものか、と嘆く第三十三首。しかし、こういう純粋な愛の片鱗をのぞかせる歌が、戯れ歌の間にはさまれていたり、紛れ込ませてあったりする。たとえば「君に問ふその唇の紅はわが眉間なる皺を熨す火か」と戯れたかと思うと、右の「いにしへゆや「彼人は」があらわれ、次に「君が胸の火元あやふし刻々に拍子木打ちて廻らせ給へ」につづく。実のところ、はぐらかされるような流れになっているのが「我百首」なのである。そして、はぐらかしには鷗外のじゅうぶんな意図があったと思わせもする。

37 Messalina* に似たる女に憐を乞はせなばさぞ快からむ

史上名高い悪女メッサリナのような女人に、憐れみを乞わせるなどということがあったら、さぞ気持ちいいだろう。

【出典】『沙羅の木』「我百首」

* Messalina に―観潮楼歌会（42年2月6日）での歌。

* 「国民新聞」―明治二十三年二月～昭和十七年十月。「国民之友」につづく第二の言論機関として徳富蘇峰が創刊した日刊新聞。鷗外の依頼を受けて観潮楼歌会の歌を折々に掲載した。

初出「昴」（明治42年5月）との異同はないが、全集第十九巻後記によると、掲出一首は「国民新聞*」（4月11日）に掲載され、そのときの上二句は「メッサリナにまさる女に」と表記されていた。「我百首」中には第九十四首「Wagner（ワーグナー）の例もあり、こちらも初出のままだが、初出のMatroos（オランダ語）をマトロス、Piano（イタリア語）をピアノと改めた例もみられる。読者への配慮がうかがえるが、人名のカタカナ表記は、できれば避けたいところだったのかもしれない。「明星」時代から新詩社に西欧思考が強かったことを鷗外は重々承知していたのであろう。

ヴァレリア・メッサリナ（西暦20～48）はローマ皇帝クラウディウスの皇妃。悪女として名高く、最期は夫を殺害しようとして殺されたという。それほどの悪女に……というときに、恋仲になれたらなどといえば安っぽいが、「憐を乞はせなば」と仮定する。戦闘を生き延び、軍人社会中枢の荒波をかいくぐり、酸いも甘いもかみ分けた人の心得とプライドがうかがえる。

鷗外の感覚でいえば、女性に対するときも、優位に立とうとする意識はつねに濃厚で、相手が手強ければなおおもしろがる、といった男ぶりを思わせるところがある。少なくとも「我百首」のなかで、鷗外はそんな「我」を造形しているようではある。作品中に一貫した「我」を造形する姿勢が、近代短歌の、特に浪漫派の作法ではあった。

「我百首」に読み取れるその主体の姿は、生来の鷗外とそうかけ離れたものではない。目を向けやすいところでみるなら、日露戦争の陣中から頻繁に書き送った妻への手紙のなかで、鷗外は妻を「やんちや」「お前さん」と呼び、これが最大限の愛情表現でもあるかのように連発した。これは愛娘に向き合うのと基本的に同じで、女人に対するときの、大いに優位に立ちながらからかい半分に軽口をたたき、甘えさせる手管のようなものである。むろん、母の峰子ひとり、その範疇でないことはいうまでもない。

38

慰めの詞も人の骨を刺す日とは知らずや黙(もだ)あり給へ

恋の痛手を慰めてくれようというその言葉さえ、聞く者の骨を刺すばかりに惨くひびくときがあるものだ。どうか何も言い給うな。

【出典】『沙羅の木』「我百首」

【語釈】○黙(もだ)あり―「33 黙(もだ)あるに」の項参照。○僂(かゞな)ふ―日数を指折り数える。○吝(やぶさか)―物惜しみするさま。未練なさま。

「我百首」の第六十首。恋人の美を陶然と描く一方、いかにも男女の間で交わされる戯れや茶化しをはさむなど、読者を振り回しがちな「我百首」には、遂げられなかった恋を追懐するせつない歌もある。それは、近代の日本の社会を生き抜くために逃れようのなかった家、その存続のためには犠牲にせざるを得なかった愛の破綻を自身の記憶として持ち続けた悲哀のささやかな片鱗だったのかもしれない。いわば、本音である。

接吻の指より口へ僂(かゞな)へて三とせになりぬ吝(やぶさか)なりき　第三十六首

汝(な)が笑顔いよいよ匂ひ我胸の悔の腫ものいよいようづく　第五十七首

彼人を娶らんよりは寧我(われ)日和も雨もなき国にあらむ　第五十九首

遂げられなかった恋、自分を追ってこの国にまで一人で渡航してきた女性。渡航を予測しながら、とどめなかった鷗外は、心中わずかにその結婚への期待があったのだろう。断じて許さなかった母の言い分、〈家〉の論理を否めなかった鷗外である。鷗外の歌のもっとも哀切で真率の声の部分なのだが、そのまま心中をうかがわせるようには読めない流れになっている。狙いどおりだったのだろうが、読み過ごすわけにゆかないところである。

『うた日記』には「釦鈕（ぼたん）」*という印象深い詩があり、これは五七五七七七となる仏足石歌を五首連ねるという独自の趣向の一作だが、戦地でなくした軍服の思い入れ深いボタンを口惜しむという、戦地詠としては独特の色合いを放つものであった。

人生の過酷な過程で、なくしてしまったボタンこそ、心から愛した少女だったのかもしれない。作品の哀惜の甘美で、いささかエゴイスティックなせつなさは、それでもどこか読み手を惹きつけてやまないところがある。その様相と、「我百首」の悲恋の歌とが、かすかに重なり合うようにも思われる。

＊「釦鈕」―南山の戦闘で袖口の金ボタンをひとつ落としてしまったことをつぶつぶと口惜しむ作品。そのボタンは、ベルリンの都大路の横町で二十年前に買ったのだという。思い入れ深いボタンをなくしたことから、二十年の身の浮き沈みに思いが及ぶ。金の美しい髪がゆらぐ少女の面影もそこにまつわらされる。南山では激戦が繰り広げられた。作品は、おびただしい数の兵士の死も惜しいが、自分が失ったただひとつの「釦鈕」も惜しい、と結ばれている。

39

書(ふみ)の上に寸ばかりなる女(をみな)来てわが読みて行く字の上にゐる

読書に没頭しているというのに、一寸ばかりの女人があらわれて、読み進める字の上にそのまま動かず邪魔をするには弱ったものだ。

【出典】『沙羅の木』「我百首」

いくぶんコケティッシュな女性の姿が浮かぶ。読書を邪魔されて当惑しながらも、まんざらでない表情。記憶に薄れない、愛らしい、妻に得たいと願った女性のあえかな形代のようなものであろう。「我百首」の第八十一首だが、ここで第四十六首からの恋の歌を振り返っておこう。

善悪の岸をうしろに神通の帆掛けて走る恋の海原　第四十六首

好し我を心ゆくまで責め給へ打たるるための木魚の如く　第四十七首

厭かれんが早きか厭くが早きかと争ふ隙や恋といふもの　第四十八首

頬(ほ)の尖の黶子(はゝくそ)一つひろごりて面に満ちぬ恋のさめ際　第四十九首

うまいするやがて逃げ出づ美しき女(をみな)なれども歯ぎしりすれば　第五十首

ここにつづけて「37 Messalina」（第五十一首）がつづく。ひたむきに貫く恋心を示すものの、相手から責められたり、ほどなく厭気がさす予感がしたり、恋心のさめ際に女人の頰骨のほくろが巨大化して迫ったり、美女と夜を共にしたら歯ぎしりすることがわかったりと、いずれもさんざんな不本意きわまりない恋の首尾である。メッサリナを登場させたのも、どこか捨て鉢な気分だったことが思われる、冴えない体験としての恋という様相なのだ。苦しい恋の破綻が、絶望の恋愛観として一場一場のショットのように語りの素材となったのだろうと思われる。とげ得なかった恋の甘く苦しい記憶は、このように歪曲して語られるほかなかったのだろう。第五十七首にはこうある。

汝が笑顔いよいよ匂ひ我胸の悔の腫ものいよいようづく　第五十七首

作品としてのできばえはともかく、素直な歌である。全身全霊をかけた女性の魅力と、その愛を全うできなかった深い悔恨とが、鷗外の恋愛のほぼすべてであった。少なくとも「我百首」においてはそう読める。その絶望から女性を蔑するような第六十三首「処女はげに」や、悪趣味といえそうな第六十四首「触れざりし」を置き、慰む思いを洩らしたのかもしれない。それでも忘れがたい美しい女性の記憶がおりおりにまつわる。掲出歌はその哀惜なのであろう。

このあと第九十四首はワーグナー讃歌である。

Wagner はめでたき作者ささやきの人に聞えぬ曲を作りぬ

ドイツでワーグナーの楽劇に接し、ワグネリアンとなった鷗外についてはよく知られている。「31　或る朝け」もそうだが、「トリスタンとイゾルデ」の愛の破綻と、陶然たる死によって完結する愛に、自身の悲嘆を重ねたに違いない。安穏のうちに生を送る人びとには聞こえない音楽、ワーグナーの想念のうちにあった苦悩の愛のかたちに共振する者だけが聞くことのできる音楽ということだろう。楽劇「トリスタンとイゾルデ」はワーグナー自身の苦悩から生まれている。鷗外がそこに深く共鳴したことは想像に難くない。

40

我詩皆けしき臓物(ざうもつ)ならざるはなしと人云ふ或は然らむ

わたしのものする詩は、ことごとく気味の悪いはらわたさながらだと評する人がいる。まあそうも言えるであろう。

【出典】『沙羅の木』「我百首」

【語釈】○けしき―異し・怪し。異様な、気分を悪くする。

「我百首」の最後を飾る一首である。自作に向けられる批評を怖れつつ期待するのは表現者、創作者誰しも同じである。医学、文学両面において抜きんでた実力者かつ相当な自信家であった鷗外だが、『うた日記』の「しれじれし　夢みるひとの　ゆめがたり　中に悲劇の　いとどふさはぬ」などと同様、卑下する意味で自作をみずからこきおろすのは鷗外の常套ではあった。それによって、むしろさばさばして見せているふうに見え、また、案外批評に神経を尖らせていた内面が透けて見えるようでもある。

医学、文学いずれにおいても雑誌を次々創刊し、飽くなき執筆の姿勢を打ち出すなかで、鷗外は当然ながら厳しい批評、その結果の孤独な離反も体験した。雑誌発行に限らず、軍医としての地位や実績、威光をめぐり競り合うなかで、鷗外が競争社会の辛辣さをいやというほど味わったことは想像に難くない。妹や親友宛ての手紙では自信満々でありながら、外部に向けては謙虚を貫き、無駄な批判をかわそうとしたとして何の不思議もないといえるだろう。

掲出歌の場合も、屈折した自己批判の、それだけ滑稽味のまつわるうたい方が感じられる。鷗外の歌の滑稽味に走るところには、往々にしてそんな警戒心が作用していたのでもあろうか。

「けしき臓物（ざうもつ）」という批判は、個人の内部、内面を醜悪な体（てい）でさらけ出していることである。そして、それへの嫌悪が剥き出しだ。実際の批評であってもなくても、鷗外自身が悪意ある批評のいちいちについて、相当過敏であったことを明瞭に語っているといえるだろう。

41　**夢の国燃ゆべきものの燃えぬ国木の校倉のとはに立つ国**

焼失したとしてふしぎはないはずの木造の校倉が、こうしてなお堂々と、思うに永久に建ちつづける夢のような国よ、奈良は。

【出典】全集。初出は「明星」（大正11年1月）の「奈良五十首」。署名は〔M.R.〕。

大正四年九月に詩歌集『沙羅の木』を刊行してのち、『渋江抽斎』『高瀬舟』『寒山拾得』『伊沢蘭軒』『北条霞亭』などの連載、発表がつづく。爛熟期といえそうな晩年の精力的な執筆活動のなかで、文芸雑誌等への歌の発表はなく、常磐会出詠も先細りになってゆく。

一方、明治四十一年十一月に百号をもって終刊した「明星」は、大正十年十一月にあらたに第二次「明星」というべき月刊雑誌の創刊*を実現した。同人の一人として、鷗外は創刊号の編集会にも永井荷風、石井柏亭、萬里らとともに参集したという。そして、第一号から「M. R.」の署名で巻頭に「古い手帳から」と題する随想的な連載*を始める。この連載は大正十一年七月の「(其九)」までつづいた。最後の原稿は、亡くなる七月九日直前までに書い

*創刊―編集後記に当たる巻末の「一隅の卓」の第一筆者（おそらく与謝野寛）は、これを「復活」と位置づけている。平野萬里が二度目の欧州遊学から帰国、この企画は「促進」されたとい

ていたものらしい。ただ、短歌の出詠は「奈良五十首」一回のみに終わった。先行の「明星」、「昴」がそうであったように、新たな「明星」でも同人は短歌の大作を心がけた。創刊号には萬里と晶子がそれぞれ百首詠をもって臨んでいる。十首ほどの作品も並んでいるが、第二号では寛と萬里が四十四首、晶子は五十二首というように、短歌大作が再スタートの編集方針でもあったのだろう。したがって周囲の期待はさることながら、鷗外もいずれ、という気構えだったと思う。「奈良五十首」という題はどこか無造作だが、そんな背景から、五十首という創作枠の設定が意識されていたのかもしれない。

大正五年四月に陸軍軍医総監・医務局長を辞任、予備役に編入となったのち、六年十二月、帝室博物館総長兼図書頭に任ぜられたことにより、大正七年から十一年にかけて五回奈良に赴いた。「奈良五十首」は、大正十一年四月〜五月の五回目を除く四回目までの奈良行の体験に基づいて構成した一連になっている。奈良行は主に正倉院の曝涼（ばくりょう—虫干し）に立ち会うためで、いずれも正倉院の年中行事の日程に合わせ、秋が三回、一月中が一回であった。その都度三週間ほどの滞在だったようだ。

一連の流れとしては、まず京都入りして古書店めぐりなどを楽しみ、京都

う。発行に先立ち「森先生をお訪ねし」と晶子が記しているから、萬里の関わりからも鷗外に協力を要請したことは間違いない。

＊連載—「（其二）」はプラトンをめぐって。ごく短いものだが、明確な主張を打ち出していて鋭利な印象を受ける。以降アウグスティヌス、キリスト、ストア派などに触れている。

から奈良へと向かう。つづけて「正倉院」を詞書に置く十五首（九首目から二十三首目）、さらに「東大寺」、「興福寺慈恩会」などの詞書を置く小さなまとまりが並び、「白毫寺」十二首で閉じられる。

掲出作は、全体の第十首で、「正倉院」のまとまりの二首目である。「夢の国」などと無邪気なうたいだしだが、歌が意図するところは、現実に千年を超えて存在し、焼失することもなく護られてきた文化財としての正倉院に向ける素直な感嘆である。今後も含めて調査管理を担う責任者として、この感動はまことに率直な重みをともなっていたであろう。

一首の構造は、それぞれ五音、十二音、十四音による名詞句をそのまま列ねたかたちで、各句の音数が次第にふえつつ短歌の律にそのまま乗せられており、叙述のボリウムを増してゆくあたり、意味内容を受けとめるに先立っての印象を強くするはずで、そこは表立てない技巧の成果と思う。

（余 話）

剪刀か剃刀か

「奈良五十首」を読み進めるに当たっては、都内の書店でたまたま見つけた平山城児『鷗外「奈良五十首」を読む』（中公文庫・平成27年10月）の教えに負うところが大きい。鷗外の奈良での任務、寺院や法会の儀式・儀礼ほか鷗外の関連資料、先蹤の論文など実に詳細で、学ぶところが多かった。その都度ただし書きを添えて引用させていただいたが、鑑賞の本文とは別に、正倉院文書と関わる記述のなかで、現代歌人の話題も含まれ、実に興味をそそられた一点を、その後にわかったこととともに、ここに紹介しておきたい。

「正倉院」十五首は、その一首目からすでに正倉院のなかへと導くかたちになっている。次に挙げるのが、その一首目すなわち五十首の第九首である。

　勅封（ちよくふう）の笋（たかんな）の皮切りほどく剪刀（かみそり）の音の寒きあかつき

この歌について、平山氏が読み解きを離れて問題にしたことがある。ルビの「かみそり」であった。剪刀と書いた場合、その読みは「はさみ」であり、「かみそり」なら「剃刀」と表記すべきものだ。原典にルビがあれば、うっかりそのまま読み過ごしてしまうが、たしかにそうである。

平山氏によると『鷗外全集　著作編』第一巻（岩波書店・昭和13年2月）において、なぜか「かみそり」と誤ったルビが振られ、平山氏はそれに従っていた。その後、誤ったルビが振られてしまった過程（「複雑な事情」）について澤柳大五郎の「剪刀」（『鷗外』昭和61年1月）に解説されたにもかかわらず、誤りはなかなか訂正されるに至らなかったという。古い『鷗外全集』第六巻（鷗外全集刊行会・昭和4年10月）においては、「はさみ」と「正しく」振られている由だが、現にわたしの手もとの岩波版全集第十九巻（昭和48年5月）においては「かみそり」と振られているのだから、いよいよわからない。

ただ、「勅封（ちよくふう）の笋（たかんな）の皮切りほどく」というかなり特殊かつ厳粛な場を想定するとき、カミソリの冷たくほそやかな切断の音は、いかにも似つかわしく、秘めやかな貴さを呼び起こしもしよう。ハサミの音はもっと日常的な道具の渇いた音をたて、切り口にも鋭さは感じられない。だから、平山氏も疑うことがなかったに違いなく、氏がそこで紹介している塚本邦雄（大正9年～平成17年）が、この歌を絶賛して「筍を素材とした詩歌の中で類を絶した秀作」と述べたということにも、そんな刺激的な鋭い音のイメージを称えたのではなかったか、とまずは思った。

しかし、そこにつづけて塚本が「すつくと伸びたみづみづしい筍の、露を弾くあの皮を『勅封』とは言ひも言つたり」と述べているというくだりを読むと、鷗外の奈良における役回りをこの歌に反映させて鑑賞の対象としたのか、やや疑問に思ってしまった。塚本のその鑑賞は、小池光（昭和22年〜）が雑誌「現代短歌・雁」（雁書館・平成6年10月）に書いた「カミソリとハサミ」にみえるものという。小池が引くところは、塚本邦雄『詩歌博物誌　其之壱』（彌生書房・平成4年12月）「筍」の項にある。一首を示したのち5行ほどの部分なので次にあげておこう。

　この筍は、森鷗外大正十一年一月作「奈良五十首」中のもの、彼はその年の七月九日、六十歳を一期として他界してゐるから、短歌作品としては絶筆に属する。また、筍を素材とした詩歌の中では、類を絶した秀作であらう。すつくと伸びたみづみづしい筍の、露を弾くあの皮を「勅封」とは言ひも言つたり。剃刀でその皮を裂き開くことが、現実にあるかないかはともあれ、春寒の芳しい空気が、一瞬鼻先をさつと通り過ぎるここちがする。

　鑑賞では「剃刀」としているから、塚本は確かにカミソリのイメージで一首を読んだのである。ルビがそうなっているのだから、そこに間違いはない。ただ、この本文を読む限り、塚本は鷗外の一首を正倉院文書曝涼の折りの歌とは読まなかったように受けとめられるであろう。筍の皮を剃刀で切り開く行為を想定し、「勅封」とは筍の様態をいうもの、と比喩的に理解したらしい。だとすれば、一首によってもたらされる音は、剃刀の音でなくてはならず、表記が「剪刀」であることは抜け落ちて当然である。そして、「寒きあかつき」が似つかわしいことにもなる。

　わたし自身は全集（初出の「明星」でも「剪刀（かみそり）」となっている）でこの一首に接したとき、「剪刀（かみそり）」をカミソリと了解し、そのもたらす冷え冷えした独特の印象には目をとめたものの、そんな場面が「寒きあかつき」のことであるという設定にとまどい、うまく内容に入り込めなかった。「勅封（ちょくふう）」を解くという緊張感に満ちたお役目は、あかつきにおこなうという定めでもあるのだろうか。そこが大きな疑問になってくる。

　そのように、平山氏の詳細な考証によってもよくわからない部分があるのは、御物という性格上いたし方ないこととも思ったが、右のような素朴な疑問だけでも明らかにできないかと宮内庁式部職の方にお尋ねしてみたところ、『皇室の名宝』（朝日新聞社・平成11年11月）の「正倉院はいま」の章にある「御開封の儀」のページをコピーしてくださった。「御開封の儀」が示すように、これはれっきとした儀式なのである。ゆえにその都度勅使として侍従がつかわされる。カラーコピーによって、儀式のもよう、勅封のありようが一目で了解できた。

正倉院宝物を収蔵する東西二つの宝庫の観音開きの扉には「海老錠」と呼ばれる錠前が掛けられている。両の扉をぴっちりとざす黒い錠前で、その左右の部分には麻縄が何重にも渡らせてある。その麻縄は、筍の皮に包まれた天皇の「御親署」を一緒に巻き付けていて、五月の節句の粽を思わせる細い筒状のそれが「勅封」なのだ。

実は、「正倉院はいま」のその項を執筆された樫山和民氏がその場に居合わせて、お話を直接うかがうこともできたのは、この上ない幸運であった。氏は、宮内庁において定年を迎える最後の五年間を侍従として奈良に出向され、勅使として「御開封の儀」を執り行われた方なのである。

樫山氏のお話から、儀式が細部に至るまで丁重に整えられた次第に則り、厳密に継承されていることが感じられた。勅封についていえば、粽のように包んだ筍の皮の外側に一本墨を引き、さらに麻縄で結びつける前に勅使の封紙を掛けるのだそうだ。鷗外は、むろん終始見守る立場だったはずである。

そして、もっとも明らかにしたかったこと。その麻縄は何で切るのか。コピーのなかの写真が、ハサミで切り離す場面を大きく紹介していた。昔の花ばさみのような、指を通して握る柄が細く丸みを帯びたハサミであった。

ちなみに、御開封は午前におこなわれる儀式であるということも、樫山氏からお教えいただいた。「寒きあかつき」というのは、鷗外の記憶に甦ったときのことなのか、音のイメージをいったものか。そこは、なお引きつける謎である。

付記　本稿の再校のおり、第二次「明星」の大正十一年二月号つまり「奈良五十首」掲載の次の号を確認していたところ、巻頭の「古い手帳から（其四）」の最後に次のような正誤記事を見つけた。

正誤。前冊の348の五行「此派の」は「此派は」の誤植、又同人作奈良五十首の「剪刀」は鋏である。傍訓は衍文。

その後の多くの読者の誤解と疑問は、初出の誤植から生じただけなのであった。ただ、そうすると右の文中で紹介した澤柳大五郎の「剪刀」で指摘されているという「複雑な事情」とは何だったのだろう。

いよいよ深みにはまりそうだが、鷗外の当の一首を読むために探ってみた経緯には大きな収穫を実感しているので、「余話」については手を入れず、ここに書き添えておくことにした。

42 見るごとにあらたなる節ありといふ古文書（こもんじょ）生ける人にかも似る

目にするたび新鮮な感動を呼び覚まされる古文書。それは、世を生きる人の不可思議なおもしろさに、まことよく似て……。

【出典】同前

【語釈】○節（ふし）―（心がとまるような）点。箇所。

「奈良五十首」の第十三首。曝涼に立ち会うなかで、正倉院文書という貴い遺産に接し、その解読や考証、点検、整理、保存など膨大な仕事に心血を注ぐ学者たちと相知ることにもなった。下の句に浮かびあがる感慨は、見るたびに新たな発見があると洩らした当事者のものとも、受けとめた鷗外のものとも、それはどちらとも読めるかたちでなされている。一連のなかでは、奈良で得たもの、という思い返しの一つとして発せられ、その結句にこめた感想は、いかにも現世を深く見つめる人の反応めいて、そこが鷗外らしいともいえそうだ。

この歌から四首が正倉院文書と聖語蔵（しょうごぞう）経巻にまつわる歌であるとする指摘も含めて、ここは平山城児『鷗外「奈良五十首」を読む』の緻密な解説に従ってたどっておきたい。まず、つづく第十四首をあげる。

少女をば奉行の妾(せふ)に遣りぬとか客(かく)よ黙(もだ)あれあはれ忠友(たゞとも)

作中の「忠友(たゞとも)」は、千年を超えて保存されてきた正倉院文書を、天保四(1833)年の正倉院開封に際して整理し、『正倉院文書』四十五巻にまとめた穂井田忠友であるという。関連する業績を含めて甚大な貢献をした学者なのだが、右の第十四首にいうような伝聞もあったらしい。「少女」(古典の用例に従って近代歌人も、この語の読み仮名を「をとめ」としていた。鷗外も同様に心得ていたはずである)は、忠友の娘をさす。もっとも、鷗外はそれを伝えた相手に「黙れ!」とばかり難じているのである。解釈がむずかしい歌で解説に導かれるまで読み解けなかったが、忠友の業績に多大な敬意を抱いていた鷗外の真率な一喝を思わせるところが小気味よい。

「黙(もだ)」については「33　黙(もだ)あるに」「38　慰めの」の掲出歌にも用いられており、鷗外がこの古語を好んでいたことが感じられる。鷗外の内省において、どこか象徴的な意味合いを匂わせる語であるかもしれない。

43

はやぶさの目して胡粉(ごふん)の註を読む大矢透(おほやとほる)が芒(すゝき)なす髪

はやぶさを思わせる鋭い目をして文書の註を読み進める大矢透。芒がなびくような髪をして。

【出典】同前

この一首についても平山城児『鷗外「奈良五十首」を読む』に教えられながらの理解であることを初めにお断りしておきたい。

「註」は、御物のなかの聖語蔵経巻に付されたものという。聖語蔵とは「専ら古経巻を納めてある経蔵」で、その修繕がなされるのを鷗外も見届けた。その場に取材しているが、調査に当たる人物のリアルな描写が印象に残る。

大矢透は、鷗外の勧めで仮名研究のために奈良に移住、訓点資料の調査に尽くした人である。胸を打たれるのは、この歌の「胡粉(ごふん)の註」が何であるかをめぐる大矢自身の回想だ。大矢には自伝(「国語と国文学」昭和3年7月)があり、そこにみえる記述に基づくが、明治三十五年四月に「元石山寺蔵の経巻」を見たおり、「朱墨二点とゝもに数多の白点を」見いだした。当初は見えなかった白点で、明るいほうにかざせば見えず、「机辺に置けば」見える。あぶり出しのようなその見え方は、訓点のなかでも最も古い奈良時代のものだったという。その発見を端緒として、大矢は仮名研究に邁進、没頭した。鷗外も、おそらくその感動的ないきさつを知ったうえで、正倉院御物の調査解読を大矢に依頼したのであろう。そして、掲出作をなし、大矢の尽力に心を寄せつつ、研究者の没頭ぶりを軽妙なイラストふうに描いた。暗色の机に置いてはじめて見える白い点を「胡粉(ごふん)の註」と的確に言い換えるところは抜群の冴えと思う。

大矢透は鷗外より十二歳年長で大正七年に六十九歳、同十年には七十二歳ということだから、視力の衰えとも闘いながら、なりふり構わず文書の調査解読に当たったに違いない。『鷗外「奈良五十首」を読む』に一葉の肖像がみえるが、白髯白髪の偉人の風貌である。きれいに整えられた髪も口元を囲むひげも、調査のさなかには芒状態だったのでもあろう。そんな大矢に向ける親しい畏敬の念が、素直に伝わる一首である。

44

梵唄（ぼんばい）は絶間絶間に谺響（こだま）してともし火暗き堂の寒さよ

梵語による声明（しょうみょう）が、その絶え間、絶え間にこだまして重なり合う。ともし火のみの堂内はほの暗く、寒い。しんしんと、寒い。

【出典】同前

「奈良五十首」の第三十首「興福寺慈恩会」と題された六首の四番目に置かれている。興福寺の「慈恩会（じおんね）」は、中国・唐時代の学僧で法相宗の宗祖慈恩大師入滅の日として十一月十三日におこなわれ、現在も受け継がれている論議法要のひとつという。当日は、今でも午後七時から二時間にわたり、参拝者の聴聞も受け容れて仮講堂でなされる。

「梵唄（ぼんばい）」は声明（しょうみょう）のうち梵語の歌詞による唄で、「唄匠」が一人で唱えるものという。息継ぎで途切れる間も、堂内では残響によってこだまするように届き、冷え切った堂内をいっそう粛然とさせるのであろう。その冷厳な印象がきりりと集約された一首と思う。

平山城児『鷗外「奈良五十首」を読む』によると、鷗外は大正十年のその体験を日記に記している。ところが、寒いので十一時までつづくところを八時半に帰った、としながら、帰宅後になされたはずの「番論議」も一首にしているという。それを示すのは「興福寺慈恩会」の六首目の次の一首である。

番論議拙きもよしいちはやき小さき僧をめでてありなむ

聴いたはずのない番論議を体験したかのように作品化したという指摘が、実におもしろい。すでに何らかのかたちで番論議のもようを知っていた鷗外が、その折りの実際のひとこまを耳にしたか、想像をめぐらせて、一首をなしたものらしい。番論議とは、二人一組でおこなう問答で、修行の成果が試される場であったようだ。しかし、それも時代を経るなかで形式化され、問答の台本に当たるものが用意されるようになり、僧たちはそれを暗記して臨むのだとか。出番の早い僧をいったものか、発声が一瞬早まってしまったか、また、「児論議」もあるそうだから、鷗外が一首にしたのは、その場面である可能性もある。ただ「児」を示せば、もう幼げな拙さ、可愛さはまつわるから、周到に「小さき僧」としたのかもしれない。結びはおおらかな肯定の意。誉めてあげたい、称えておこう、といったところか。厳粛さのなか、ほっとり温もりをもたらす場面で、鷗外の一首にもその味わいがあろう。実際には見ていないが、見たように作品化する機転と力量は、歌人として当然のような気がする。

「奈良五十首」は、第二次「明星」への鷗外の友情的出詠であったとみられるが、奈良を舞台に五十首ほどのまとまりを想定するなかで、日頃の執筆の領域内の対象、環境の条件などから、ごく自然に導かれた主題に基づいていた。歴史、日本人の哲学的思索の時代的な解明に挑む姿に接するなかにも、短歌五十首の制作は、むしろ一点一点をつぶさに観て、小さく語り、つないでゆくスタイルで、鷗外の創作の場としては安らぎに近い思案の場であったかもしれない。背景についての知識を求められるだけに手強い印象もあるが、その流れのなかに鷗外は、無意識にか、意識的にか、人肌の温もりや息づかいを添えている。「生ける人にかも似る」とか「はやぶさの目して」とか「小さき僧をめでてありなむ」など、おのずと親しみを覚えさせるところである。

45

宣伝は人を酔はする強ひがたり同じ事のみくり返しつつ

――宣伝ということが、頻々と振りまかれている。人の気を引き、無理にでも覚え込ませようと同じことばかり繰り返しながら――。

【出典】同前

「奈良五十首」の第四十四首。宣伝という開かれた伝達法についての、やや皮肉のこもる批評。人の心を虜にしてしまいかねない、少し危うい強引さを匂わせている。鷗外には、これとよく似た反応を見せている歌*がある。

広告(くわうこく)の電燈にくし道筋といふ道筋の真向ひに照る

この歌の対象となっているのは、当時にわかに社会の注目を集めるようになっていた広告塔であろう。「にくし」などと感情をストレートに言い放つあたりは、いかにも新詩社で一時好まれた表現法を思わせるが、広告塔そのものは歌の新題として近代歌人たちに歓迎されていた*。ところが、大方のう

*これとよく似た反応を見せている歌――「明星」(明治41年8月)に出詠した「潮の音」十九首の第十九首。署名は〔ゆめみるひと〕

*歓迎されていた――彫刻家を

きうき華やぐイメージとは異なり、鷗外の二首には苦々しげな視線が感じられ、けして肯定的ではない。この見方をめぐっては、掲出歌が置かれた「奈良五十首」の、その前後の歌との連関で考える必要がある。

この第四十四首を含む三十九番歌からの計十二首は「奈良五十首」の最後を占めるまとまりで「白毫寺」と題されているが、白毫寺を詠んでいるのは、はじめの第三十九首のみで、つづく三首は奈良の鹿にまつわる話題、その次にあるのが掲出歌をはさむ三首で、白毫寺とは直接つながらない展開である。

旅にして聞けばいたまし大臣原獣にあらぬ人に衝かると　第四十三首
宣伝は人を酔はする強ひがたり同じ事のみくり返しつつ　第四十四首
ひたすらに普通選挙の両刃をや奇しき剣とたふとびけらし　第四十五首
暁らじな汝が偶像の平等にささげむ牲は自由なりとは　第四十六首
富むといひ貧しといふも三毒*の上に立てたるけぢめならずや　第四十七首

大正十年十一月四日、東京駅駅頭で首相原敬が暗殺された。鷗外は四度目の奈良滞在中であった。右の一首目はその事実をそのままに述べたものだが、

めざしていた新詩社同人高村光太郎の一首。
仁丹の広告よりは右にして明るき窓の五つ目の家
「昴」（明治42年11月）
また、北原白秋の一首。
いそいそと広告燈も廻るなり春のみやこのあひびきの時
『桐の花』（大正2年1月）

＊三毒―仏教語。広辞苑は善根を毒する3種の煩悩の意として貪欲・瞋恚・愚痴の三つを挙げているが、経典によって多少の違いがあるらしい。「奈良五十首」で

「獣(けもの)にあらぬ人に銜かる」というのは、この歌に先立つ三首が鹿を詠んでおり、その二首目は鹿が人を銜くという痛ましい事件に基づいているのを受けているのだった。いくつもの事柄、情報を併せ考えなければならないが、そこにつづく掲出歌の「宣伝」は、普通選挙運動に対する鷗外の視線を表しているらしい。運動は盛り上がり、普選法案が衆議院を通過、しかし貴族院で否決され、さらに弾圧を受けながらも再び三たび社会の力を得て盛り返す。

『鷗外「奈良五十首」を読む』によると、山県有朋には「普通選挙ともならば我国は滅亡なり」(『原敬日記』明治44年12月16日の条)という発言があるという。それは暗殺された伊藤博文の後を承けて有朋が三度目の枢密院議長を務めている間(明治42年11月〜大正11年2月)のことだ。鷗外が終生寄り添った山県有朋のこの発言ほど、普選運動に向ける鷗外の意識を示唆するものはないのではないかと思う。右の後半三首となると、律儀なくらい運動体を批判する内容になっている。

鷗外が普通選挙*に対し辛辣というに近い、突き放した言い方を平然としていることに驚きも覚えるが、これは山県有朋との良好な関係を崩さないため、そしてそれは信念ともいうべきものだったのではなかろうか。

は第十九首にもこの語が詠み込まれている。

三毒におぼるる民等法(のり)の手に国をゆだねし王を笑ふや

*普通選挙に対し—与謝野晶子は婦人の参政権を強く願っていた。「新小説」(大正6年4月)に寄せた「女もし参政権を持たば」のなかで「私は早く普通撰挙制の実施されることを望みます」と明確に述べている。この文章は『愛、理性及び勇気』(阿蘭陀書房・大正

新詩社との交流がなければ生まれなかった作品「奈良五十首」は、その最終部で政治的な思惑を濃厚にまつわらせるかたちとなった。社会の平等の訴えに懐疑的であることが、鷗外像を納得させもし、また考え込ませもする。すべては幻なのか。「奈良五十首」の最後は次の一首でとじられている。

現実の車たちまち我を率(ゐ)て夢の都をはためき出でぬ　第五十首

6年10月）に収録されたが、同様の発言は複数の著書の随所にみることができる。また、普通選挙運動を推進した一人尾崎行雄と晶子は親しい間柄で、晶子は尾崎の自宅での歌会に赴いたり、尾崎の山荘を訪ねたりしている。

コラム5

新任博物館総長森林太郎博士への〈進言〉

森潤三郎著『鷗外森林太郎』（昭和9年）の指摘に基づいて、平山城児氏が『鷗外「奈良五十首」を読む』で紹介しているところによると「中央公論」（大正7年2月）誌上に、高嶋米峰が「新任博物館総長森林太郎博士に与へて博物館の革新を促す」と題する「進言」を寄稿した。平山氏がまとめている要点を読む限り、博物館の維持、所蔵品やその展示をめぐる心得など、かなり的を射る内容であるが、興味深いのはその結びが伝える鷗外登館の様子である。

「軍服を着し軍刀を帯し、早出後退、万事軍隊式を発揮」と筆者高嶋米峰は見ていた。むろん、痛烈な批判である。鷗外は博物館総長のポストをあくまでも職員を統率する管理職として認識し、厳格に自身の指導力を行き渡らせようとしたのだろう。軍服帯刀に驚くが、鷗外にしてみれば当然示すべき〈威厳〉であったに違いない。

鷗外が帝室博物館総長兼図書頭に就いたのは大正六年十二月二十五日であるから、その一～二ヵ月のちに「進言」を目にしたと思われるが、平山氏によると、かなり鷗外の心に響いたらしい。そして、「努力」を重ねた。つまりそれを機に鷗外は適正な「改革」を実践した。

それについての数々の証言もあり、平山氏はそれらを総合したうえで鷗外の実績を引き出しており、総長としての日常をリアルに再現。読者としてのわれわれには最も知りたい、なまな姿が伝えられるところとなった。

46

火をとりてまらうど送るわたどのにひと枝ちかきやみの夜ざくら

夜花

灯りを手に客人を送ろうと渡り廊下をゆく折も折、闇を抜けるように迫ってきたのは、夜ざくらというにふさわしいひと枝……。

【出典】『常磐会詠草　初篇』（歌学書院・明治42年4月）。作者名は森高湛。

森鷗外の短歌鑑賞の結びとして常磐会の作品をあげておきたい。まずは初篇から第五篇まで刊本となっている『常磐会詠草』の初篇に入選作としてみえる一首から。全集第十九巻には鷗外が常磐会のために詠じた作品が歌会の日付、題*とともに収録されており、この一首も含まれている。明治四十年、四月二十一日の第八回のもので、このときの題は「夜花」「春窓」「鴉」。鷗外はそれぞれの題に五首、四首、四首の計十三首を寄せた。かなり積極的な出詠である。鷗外が歌を送る先は選者*の一人井上通泰であった。

歌会は毎月の第三日曜である。各選者は寄せられた歌から三十首を選んで匿名の短冊とし、選者の歌も含めて井上に送る。井上は印刷した詠草を整え

＊題―常磐会では常に三題示され、萩、庭、母などシンプルな一字題が多いが、鼠、鯨など珍しい対象や、迷といった新味を覚えさせる語、また故郷薄、閑居水声など二語以上を取り合わせた結び題もみえる。毎回、歌会での選出が終わると、輪番で選者の一人が次

て各選者のもとに送り、そこから各選者が二十首ほどを選び、歌会当日の直前に井上に通知する。井上が詠草に選者の点を記入し席上に持参、歌会は会員による批評の場であった。批評がすむと、提出者を除いた選者のうち二人以上が点を入れた歌が入選となり、披露される。合評では作者名がないだけに選者が他選者の歌を酷評することにもなるし、点数は満たしていても合評で難じられて加点者の陳弁がふるわなければ落選ということもあり、熱のこもった歌会だったようだ。

以上の流れは、『常磐会詠草　初篇』*巻末の「常磐会の沿革並に会則」に示されていることで、これは井上の談話を筆記、まとめたものである。選者の門下の範囲で出詠*がゆるされていたらしく、盛況だった。入選作は「国民新聞」などに発表され、刊本にもなるだけに注目度は高かったのだろう。ただし、出詠はできても常磐会会員を名のれるのは山県公爵と二幹事（鷗外および賀古鶴所）と四選者のみであると、井上は釘をさしている。

掲出歌は満点の入選作であった。王朝時代が匂う設定に、客人を見送る場の気遣いが柔和にまつわり、思いがけないかたちで闇から浮かび出た桜のひと枝という趣向が冴えている。描写に尽くした古風な叙述も似つかわしい。

回の題を出すことになっていた（「常磐会の沿革並に会則」）。

*選者―ほかに小出粲（つばら）、大口鯛二、佐佐木信綱それに第八回から加わった鎌田正夫。『常磐会詠草』では入選作の作者名に小さく、提出先の選者の姓の一字が記されている。

*『常磐会詠草　初篇』―日本近代文学館蔵。初篇は歌会三十回分を収めている。同館には、百一回から百三十回までを収めた第五篇（大正6年・12月）まで揃っており、閲覧できる。

*出詠―『常磐会詠草　第二篇』には初篇と第二篇の作者名一覧が添えられており、初篇百十七人、第二篇百五十四人。小金井喜美子（作者名は君子とも）は、兄鷗外よりも入選回数がめざましい。

47

迷

かすれたるよき手にも似てたをやめのまよふすぢある髪のめでたき

かすれを交えた味わい深い筆の跡にも似て、手弱女の少しもつれみだれている髪というのは、なかなかにいいものだ。

【出典】全集「常磐会詠草」
【語釈】○手—手跡。

墨書のかすれたところに単純でない味わいや趣を見る。ちょうどそんなふうに、豊かにまっすぐの美しさだけでなく、梳けばすぐ全体が美しく揃うに違いない髪の、ほんの少しもつれみだれているのがよいということ。たおやかな女人の魅力をいう、この着眼に個性が感じられる。

同時に、歌としては伝統的和歌の順守すべき詠法というよりは、近代短歌の自由さ、奔放さに近く、それだけ新時代の歌に接したのちの自在を思わせる。上の句の比喩表現、下の句のどこか実際の恋の場面を浮かびあがらせるような現実味とが、そう思わせよう。

秀歌としてぜひ記憶したいこの一首は、全集「常磐会詠草」にみえるもの。

明治三十九年十一月二十五日の第三回詠草のうちにあり、「46　火をとりて」に先立つ作品である。入選を洩れたため全集より引いたが、鷗外はこのときの常磐会のために「庭」十三首、掲出歌を含む「迷」六首、「火」九首、計二十八首を残している。九月二十三日の第一回常磐会からまだ三ヵ月というときだけに、気を入れていたのだろう。入選*という評価を得るためだが、これはそう生やさしいことではなかったようだ。

「46　火をとりて」は八回目にして満点の入選であった。しかし、鷗外にとって初入選は第六回のときという、なかなかにもどかしい現実なのだった。当の一首は「よべつきしいで湯のやどの朝床にさめてまづきくうぐひすのこゑ」というもので、佐佐木、大口、井上の三選者が加点しており、申し分ない結果ではある。題「鶯」の声のもたらされ方に際やかな味わいがあるが、従来の和歌の情趣を超えるものとはいいがたいのではなかろうか。

井上通泰は「古めかしい歌*と突飛に新しい歌とは会の趣旨として排斥する」、また「優劣を見る外に歌調の新旧を見る」と述べているが、その新旧の見極めについて、すでに新派の作品に関心を寄せつつあった鷗外にしてみれば、葛藤の要因になりかねないところだったかと思いたくもなる。

＊入選という評価――『常磐会詠草』をたどると、百三十回までに入選した鷗外作は二十一首を数えるのみである。

＊古めかしい歌……――「常磐会の沿革並に会則」の中での発言。

日露戦争のさなかから、鷗外は新しい歌の表現に意欲的となり、表現者として邁進する道はひらかれていた。しかし、そうもゆかない。凱旋して第一師団軍医部長に復帰する直前の明治三十九年六月に、鷗外は賀古鶴所とともに常磐会を立ち上げる。『舞姫』の「良友」相沢謙吉は賀古をモデルとしているが、同じく天方伯爵は山県有朋であり、その有朋は「歌*は山県、俳句は西園寺」といわれるほど歌に熱心で、鷗外はもちろん周囲もそれをよく承知していた。当時は小出粲のもとで励んでいるということも知られていた。鷗外と賀古とが山県を上に戴く歌会を発足させるのはほとんど必然だった。

常磐会発足について佐佐木信綱は、賀古に招かれて浜町の常盤*にゆくと、小出粲、井上通泰、大口鯛二、森鷗外がいて、「山県公が歌の研究会を催したい」意向であるから、公の居宅椿山荘と自分（賀古）の飯田町の住まいとを交互に会場にして歌会を開く、と熱心に持ちかけられたと回想*している。

同じときの信綱の回想によれば、歌の道をさらに究めようとしている有朋は「時世の移りかわり」に応じ、歌風の新味に対しても寛容であろうとしていたらしい。そうだとすると、これは、鷗外が新詩社に強い関心を寄せたことと基本的には異なるところがない。ただ、鷗外の新派に対する関心は批判

*歌は山県—佐佐木信綱が角川書店の月刊雑誌「短歌」（昭和33年1月）における対談（相手は木俣修）で語っている。伊藤博文の言という。

*常盤—酒楼常盤。これによって常盤会の名を提案したのは鷗外だったという。「常盤」の表記は信綱の資料による。鷗外の日記にも「常盤会」がみられるが、刊行された詠草は「常磐会詠草」で、全集の表記も「常磐会」で統一されている。

*回想—信綱『作歌八十二年』（毎日新聞社・昭和34年5月）

から一転して実践に直結し、自身の歌の様相を一変させるだけの強さを放っていた。有朋の場合は、異なる歌風を排除はしないが、あくまで寛容の域にとどまっていたというところだろうか。

常磐会のメンバーの誰にとっても、有朋の意向はもちろん、存在そのものが絶対だったはずである。意識的に有朋の意向に沿う思考スタイルを維持したとしてふしぎはない。それがやはり常磐会と観潮楼歌会の大きな違いであり、同時期の鷗外の歌の姿が二つの歌会で大きく異なっていた理由となる。

ただ、鷗外自身も無意識にかどうか、近代短歌の自由さのなかで作歌する姿勢はいつか基盤になりつつあったのだと思う。幻想味や奇抜さには向かわずとも、どこか型を脱けているような発想が、そこにある。

「たをやめのまよふすぢある髪」を佳しとするまなざしは、歌びとのそれとして限りなく魅力があると思う。

48

なかぞらにすゞの音すなりあらゝぎのうへは涼しき風やふくらん

風鈴

空のあのあたりに風鐸だろうか、鈴の音がするようだ。仏塔の上には涼しい風が吹いているのだろう。

【出典】『常磐会詠草　第五篇』作者名は森高湛。

【語釈】○風鈴―ここでは風鐸のこと。青銅製で仏堂や塔の軒の四隅などにつり下げる。○すなり―「なり」は推定・伝聞の助動詞。「音」を添えての典型的語法。○あら、ぎ―仏塔のこと。これが斎宮の忌みことばであるとするのは、神道においては仏教語を避けることに

再び常磐会での入選作である。[*] 風鈴という題には歳時記的な趣があって、いくらか俳諧味を覚えさせる。中世に中国から伝来した当初は上流階級のもので、近世には庶民の暮らしに浸透していたというイメージが匂うせいだろうか。同じときの入選作には、その風鈴の音をひびかせている歌が並ぶが、風鐸の意味もあり、鷗外はそちらで応じている。それでも「すゞの音」を聴きとめようとしており、一首には抹香臭い形象と庶民的な涼味とを巧みに絡めた機転のおもしろさがある。下の句によって読後の印象もさわやかだ。

全集に作品を追うと、鷗外の常磐会出詠は次第に勢いを削いでゆき、一首も残さない月がふえていった。掲出歌をなした大正四年には六月、八月、九

月の一首ずつ計三首しかない。散逸や記載洩れも考えられるが、多忙に加え、体調の不安、それに年齢上の衰えを自覚しつつあったのかもしれない。鷗外この年（満）五十三歳である。山県有朋は同じく七十七歳であった。

八角真によると（巻末「観潮楼歌会をめぐって」参照）、明治四十一年九月、有朋は「常磐会の選者に与ふる書」を書いた。山県が歌のあるべき姿を述べ、選者に求めたものとみられる。同年同月、鷗外は有朋に応えるかたちで「門外所見」を呈し、その中でこう述べた。「予は世の所謂新派が早く既に新形式を成就したりとは信ずること能はず。然れども現在の発酵の中より他日性命ある新形式の生れ出づべきを思ふ」。

かくて、有朋のための常磐会は、有朋が没するまでつづけられた。

鷗外の最後の日記「委蛇録」*を追うと、大正十一年一月三十一日に病床の有朋を見舞い、二月二日に弔問に訪れた。九日、日比谷公園で葬儀。第三日曜日の十九日に賀古宅の常磐会にゆき、廃会の相談をした。発足以来十六年目の終焉であった。

鷗外はすでに自身の病を自覚していたらしい。七月六日、賀古鶴所に遺言を書き取らせ、九日午前七時、永眠した。

よるという。

*入選作―大正四年九月十九日の第百九回歌会出詠歌。加点者は大口鯛二と須川信行。須川は第三十三回から選者となった。

*「委蛇録」―大正十一年一月三十一日「問山県公有朋病于古稀庵。」、二月二日「弔問山県氏第。」、二月九日「会山県公有朋葬於日比谷公園。」、同十九日「赴常盤会于賀古鶴所家。議廃会」。

付　観潮楼歌会をめぐって

　現代歌人の間でも観潮楼歌会への関心は高い。文豪・森鷗外が自宅で主宰した歌会であること、よく知られた歌人たちがその顔ぶれであることも華やいだ話題になるのであろう。ただ、その顔ぶれに与謝野晶子が含まれている（『現代短歌大事典』三省堂・平成12年6月）など、大方のイメージを先導しそうな事典の解説ですら必ずしも正確といえそうにない。鷗外が新詩社と根岸短歌会を融和させようと仲立ちしたとする『沙羅の木』の序文の一節（本文「31　或る朝け」の項参照）をそのまま引いて済ませる例も多く、そこからさらに、半年前からの常磐会に鷗外が不満をもって始めたのだとする推測まじりの解釈までなされている。三年ほどの間に鷗外宅の一室でおこなわれた月例歌会の記録が整って残っているはずもなく、そもそも資料の確保がむずかしいため推測に推測を重ねることになるのだろう。

　この観潮楼歌会について、現時点で最も詳しく緻密な資料として参考になるのは八角真（ほすみまこと）「観潮楼歌会の全貌──その成立と展開をめぐって──」（「明治大学人文科学研究所紀要」第一冊 昭和37年12月）である（以下「全貌」と略記）。54ページにわたる詳細な論文で、あらゆる資料の収集、整理が尽くされている。あらかた失われていたとみられていた観潮楼歌会での詠草稿が、戦後ごく一部ながら平出修の遺品として平出家に所蔵されていることが明らかになり、吉井勇が「短歌」（角川書店・昭和29年3月）に報告を書いたが、「全貌」はそれも検分・修正を加えて新資料（明治42年3月6日と4月5日二回分の一部の詠草稿）として反映させている。また、観潮楼歌会での作品がしばしば掲載された「国民新聞」をもとに席上での作品についても部分的ながら明らかにした。何よりも鷗外の母峰子の「母堂日記」（天理大学所蔵）をもとに歌会開催記録を作成し、出席者と作品の数まで判明した範囲ながら記入して一覧にしている。ほかに啄木、斎藤茂吉、佐佐木信綱、石井柏亭、小金井喜美子らの回想からも歌会の模様を知ることができる。

　以上の資料を中心に参照しながら、本文で触れ得なかった観潮楼歌会の姿について書きとめておきたい。

＊

観潮楼歌会は、森鷗外の主唱により本郷駒込千駄木町の観潮楼で毎月第一土曜日を定例として開かれた歌会である。啄木日記は自身が出席した計六回の歌会についてその模様を活写しており、観潮楼歌会の場を思い描くに恰好の資料となっているが、その二回目に当たる明治四十一年七月四日の冒頭に「今日は森先生の観潮楼歌会である」と書いている。ただ、「全貌」によると観潮楼歌会の名はこのとき初めて啄木が使用したもので、歌会開催期間中ほかの資料等にはみられないという。鷗外自身は歌会、短歌会、その後短詩会と呼んだ。〈短詩〉は新詩社での短歌をさす呼称を承けたものである。

この歌会は明治四十年三月三十日を初回とし、四十三年四月十六日がその最後だった。「全貌」によれば、開催記録がはっきりしているのは二十六回、そのうち一人でも出席者がわかっているのは二十回分で、その二十回分に判明している歌人は次のとおりである。

40・3・30　鷗外　佐佐木信綱　伊藤左千夫　与謝野寛
　　平野萬里
4・6　鷗外　信綱　左千夫　寛　萬里　上田敏
5・4　鷗外　左千夫　敏
7・6　左千夫　長塚節
41・5・2　鷗外　信綱　左千夫　寛　萬里　吉井勇
　　北原白秋　石川啄木
6・6　鷗外　左千夫　萬里
7・4　鷗外　左千夫　萬里　勇　白秋　啄木
8・1　鷗外　都築甚之助
9・5　鷗外　信綱　寛　勇　啄木　賀古鶴所
10・3　鷗外　信綱　左千夫　小泉千樫　寛　萬里
　　勇　白秋　太田正雄　啄木　服部躬治
　　鶴所
11・7　鷗外　信綱　左千夫　千樫　寛　萬里　勇
　　白秋　啄木　平出修
42・1・9　鷗外　左千夫　千樫　斎藤茂吉　寛　萬里
　　勇　正雄　啄木　敏
2・6　鷗外　信綱　左千夫　千樫　茂吉　平福百
　　穂　寛　萬里　勇　白秋　正雄
3・6　鷗外　信綱　左千夫　千樫　萬里　白秋
　　正雄
4・5　鷗外　信綱　左千夫　千樫　茂吉　寛　萬

里　勇　白秋　正雄　修　敏

10・2　鷗外

11・6　鷗外　信綱　石井柏亭　森田草平

12・4　鷗外　信綱　萬里　勇

43・3・5　鷗外

4・16　鷗外　寛　与謝野晶子　柏亭

「全貌」の「歌会開催並作品数一覧表」から開催が明らかな日付と出席者のみを抜き出しているが、最終日に晶子とともに寛がいたこと、またそれについて書き残している石井柏亭の記入がなかったため補った。柏亭の回想は、野田宇太郎編集・発行の「藝林閒歩」（昭和23年3・4月号）にあり、この号は「鷗外と漱石」特輯号であったが、特集と同じタイトルの文章のなかで書かれたものである。「観潮楼歌会も段々寄りが悪くなり、最終となつた其一夕には与謝野夫妻と私と位しか集まらず、歌をやめて鷗外は双六や香などを持出し、聞香の真似事などをしめやかに興じたりした」というのであった。

柏亭は同じ文章のなかで、それ以前の歌会に参加したおり信綱、左千夫、寛に晶子がいたと述べているが、最終日とみられる四月十六日の鷗外日記に「短詩会を催す。与謝野晶子はじめて会に来ぬ」と記されていることからも、晶子の参加はこの日が最初で最後だったとみてよい。「全貌」も柏亭の文章を資料のうちに含めているのだが、そんな記憶の混戦がみられることから「資料として信憑性に欠けている」とし、最終日について鷗外日記の記載から晶子のみを記入したらしい。ただ、柏亭の文中では自身の提出作品や森田草平の一首なども具体的に披露（次に述べるように42年11月6日であろう）しており、信頼できないと断言するのもためらわれるので補った次第である。

もうひとつ四十二年十一月六日、「全貌」の一覧では鷗外、柏亭、草平のみであるが、鷗外日記に「夕に短詩会を催す。森田米松、石井柏高（亭）臨時に列席す。森田に影と形の稿本を渡す。佐々木信綱に古希庵記を校せんことを托して持ち帰らしむ」とあることから信綱出席として補った。「全貌」が信頼を置かなかった柏亭の先の文中に「其時信綱の一首が信綱らしからぬ奔放なエロチックなものであつたりして選の発表に際し他を驚かした」とあることとも符合すると思う。ただ、その信綱の歌についてはわからない。

　以上、補ったのはその二回分だけであるが、もともと「全貌」の一覧は鷗外や啄木の日記などの確かな記載のみによって作成されており、当然ほかにも出席者はいたと思われる。そうでないと四十年七月六日などは出席者が左千夫と節のみであって現実的でない。あとで触れる斎藤茂吉「森鷗外と伊藤左千夫」には、観潮楼歌会に「長塚節氏が一度出席して、『あんな連中は迚ても駄目だ』と云つて除けた」というくだりがあり、対立的な歌評を含めてにぎやかな場であったことが想像できる。

　ほかにも四十三年三月五日には鷗外一人の名前しかないが、鷗外日記には「夜短詩会を家に催す」と記載がある。たとえば、四十二年十二月四日の日記の場合「短詩会を催しに佐佐木信綱、平野久保、吉井勇の三人来しのみなるをもて、雑談に時を移し、後蒲団十句を作る」というのが全文であるから、同様の事情であるならそう書くのではなかろうか。もっとも、その四十三年三月五日は、最終となった日の前月で、柏亭がいうように参会者は乏しくなっていたのであろう。柏亭の文章は最終日の少し寂しい様相を語っていることになる。同年九月十一日付の大連にいる萬里宛書簡に鷗外は「歌会は振はざる故罷め候」と書いているし、観潮楼歌会はこのようにして確実に終わったのであった。「振はざる故」としためた鷗外の心の内を思いながら、そこから観潮楼歌会の内実へと考えを進めたくもなるのだが、しかし、そのためにはもう少し歌会のその場その場について知る必要がある。

＊

　先の二十回分の出席状況からも見当がつくが、歌会は四十一年五月から四十二年四月にかけての頃が賑わっている。勇、白秋、啄木ら若手が顔を見せるようになったことが作用したとみることもできるだろう。四十一年十月には太田正雄（木下杢太郎）が初めて参加。啄木がその四回目参加の四十一年十月三日の日記に「空前の盛会」と記し、四十二年四月五日の鷗外日記に「夕に短詩会を催す。来会者甚多し」とあることも活況ぶりを想像させるだろう。出席が判明している人数で一番多いのはこの四月五日の十二名である。

　それだけ出席者に幅のある歌会は、どのように進められたのだろうか。案内のはがきは峰子が用意していたらしい。平野萬里は「母堂か於菟ちゃんの手跡らしい案内の葉書」と述べている（後出「観潮楼歌会の事など」）。送り先は鷗外が指示していたのであろう。兼題（前もって出される題）が五題あり、出席者一同二首ずつ詠み、当日の詠草に書く。作者名を伏せた詠草を回覧して点を入れ合い、その後、高点歌をめぐって批評が交わされた。

観潮楼歌会での作品として今日もっともよく知られているのは白秋の次の一首であろう。

春の鳥な鳴きそ鳴きそ赤々ととの面の草に日の入る夕　　白秋

明治四十一年七月四日、「戸」の題に応じた一首で、のちに白秋の第一歌集『桐の花』の巻頭を飾ることになった。「戸」の音を取り戸外の意で応じたもので歌集収録に際しては「外の面」と改められている。春の夕べのいくばくかの哀感を匂わせながら詩的韻律の快い秀歌である。古典的文語の語調を採用し、かつ歌の姿は軽快で近代的という印象の強さが新派の華やぎと映りもする。歌が一同を刺激し、白秋は自信を得たのではなかろうか。啄木も日記に「気に入つた」と記している。

たとえばこの白秋の一首のように、観潮楼歌会では鮮やかな新味が求められたのであろう。鷗外の歌会作品にも同じ傾向がみられる。時期からして「我百首」に組み込まれたものが多い。鷗外の席上の作として判明している歌から五首あげてみる。

爪を嵌む。「何の曲をか弾き給ふ。」「あらず汝が目を引き掻かむとす。」

Messalina に似たる女に憐を乞はせなばさぞ快からむ

処女はげにきよらなるものまだ售れぬ荒物店の箒のごとく

拙なしや課役する人寐酒飲むおなじくはわれ朝から飲まむ

省みて恥ぢずや汝詩を作る胸をふたげる穢除くと

いずれも「我百首」の歌。一、二、三首目は本文で鑑賞あるいは引用しており、そこで触れた特徴が観潮楼歌会で意識されたそのままであることがはっきりすると思う。鷗外自身、意識すべき新派の手法、作法を知り、摂取して実践するために開いたというに近い歌会だったはずなのだ。むろん、それは鷗外の思惑であって、その試みが広く歌の世界で通用するものか挑む意味合いもあったから、新詩社の与謝野寛だけでなく竹柏会の信綱に根岸短歌会の左千夫も招いたに違いない。

面々が熱心に参集したのはそれぞれの自恃ゆえであったろう。しかし、それのみではない。先にみたように、席上無記名の詠草に点を入れ合い、高得点の歌について批評を交わす歌会である。啄木は次のように日記に書いている。歌会参加四回目と五回目の記述である。

◇信綱君が余程吾々に近い歌を作つたのは珍しかつた。（明治41年10月3日）

◇伊藤君が、今日の歌には巫山戯たのがあると憤慨した。平野君がそれを駁した。与謝野氏は傍から、伊藤君は初め僕らに無邪気の趣味がないと言つた事があるが、今日では、僕らは伊藤君を学んでそれ以上に巧くなつたのだと揶揄した。

佐々木君の歌には、大胆に新詩社風（？）なのがあつた。〝今夜は佐々木さんの放れ業を拝見した〟と与謝野氏だつたか森氏だつたか言ふと、〝左様じやありませんが、会の時は矢張可成選ばれる歌を作つた方がようござんすからな〟と言つた。皆この告白に笑はされた。（明治41年11月7日）

以上二回分の啄木のこの記述には、日記の歌会記録一回目（明治41年5月2日）にみえる各人の点数が多分に影響している。啄木は鷗外の十五点を最高とする当日の各人の点数を記しながら、「親譲りの歌の先生で大学の講師なる信綱君の五点は、実際気の毒であつた」と書いた。啄木によれば、このときの伊藤左千夫は四点。五回目の記述で左千夫が不愉快そうなのも、おそらく点の獲得が望めそうにないところからきているのだろう。信綱の上品なものいいは欲得を感じさせないけれど、これもまたずいぶん正直なものである。先に引用した柏亭の文章の「…信綱らしからぬ奔放なエロチックな…」という一節を思い出すことにもなるに違いない。

それにしても、誰もが自作の獲得点数に気をもみ、高得点を狙いがちになっている。そのためには、目立って派手な新派の詠風を真似るのが近道という考えも成り立つ。現に信綱はその線で点数獲得に結びつけ、正直な述懐に皆が笑うのは身につまされてもいるからだ。点を入れ合うスタイルが歌人の意欲をそそるのみならず、なんとか高得点をと願うままに、本来の自身の短歌観をはずれても参会者の歌風や短歌観に合わせて作歌する傾向を生じさせ、おそらくおのずとエスカレートしていった。

観潮楼歌会において、招かれた歌人たちが点数獲得を算段していたような様相は、茂吉の回想からも知られる。『斎藤茂吉全集』第十三巻（岩波書店・昭和50年2月）に収録された「森鷗外と伊藤左千夫」（初出は雑誌「浪漫古典」昭和9年7月）にみえることだ。茂吉は加えて当時の流派間の事情、また左千夫や鷗外の短歌観や意識をかなり明確に位置づけている。一部引用をまじえながら、おおよその趣旨をたどっておこう。

▽正岡子規の万葉調は青年たちに不評で、子規の没後に門人たちが発行した雑誌「馬酔木」も「黙殺」されたが、伊藤左千夫はじめ子規門の人々は作歌を続け、新詩社の歌風の影響を受けることなどは毫末も無かった。与謝野晶子を中心とした新詩社の運動は実に華々しく佐佐木信綱、金子薫園、尾上柴舟のごとき歌壇の大家が皆新詩社の歌風に影響されていった。

▽明治四十年一月頃、鷗外先生は左千夫先生に歌に関する意見を求め、「馬酔木」をすべて所望した。いわゆる観潮楼歌会の下準備だった。その歌会に左千夫先生は毎月欠かさず出席したが、やがて古泉千樫君がお伴するようになり、ついで自分も出席するようになった。それは、歌会での互選の際、左千夫側に点数が足りないためで、左千夫先生は「今度は点数がいくらか平均して来て愉快です」などと言い、鷗外先生もにこにこしておられた。

▽席上、左千夫先生は歌の技巧を排撃する議論を連発したが、暗に与謝野氏一派を排撃して、これを鷗外先生にも示すつもりであった。しかし、当時の鷗外先生としてはさらに新しく、自らリルケを参考したとする「象徴詩風な我が百首を作られた」。

▽左千夫先生は三井甲之などから観潮楼歌会出席を「冷罵され」、「長塚節氏が一度出席して、『あんな連中は迚ても駄目だ』と云つて除けたのだつた」が、左千夫先生は熱心であった。「そして、不思議なことには、あれほど強烈に自我を主張して居りながら、幾らかづつ歌風が

変化した。つまり、そのころ左千夫先生の歌風が幾らかづつ乱れて行つた。これは互選の際の点数の関係ばかりでなく、会合がつづいてゐるうちに、鷗外的精神力の働きであつただらうと想像することも出来る」。
▽観潮楼歌会での「両派の融合」などは現れなかったが、「潜流としては」もっと働きかけたと考えられる。鷗外先生ご自身の作でも「奈良五十首」と「我百首」とでは、なかなかの相違がある。

茂吉が書いている左千夫の多弁、雄弁の様は意外だが本当らしい。平野萬里が「観潮楼歌会の事など」(砂子屋書房『平野萬里評論集』平成18年6月。初出は「藝林閒歩」昭和21年)で回想しているところによると、師の与謝野寛は議論が「からきしだめ」で、「作歌後の批判戦は伊藤氏の一人舞台」。信綱もあまり口をはさまず、鷗外は「唯にこにこして聞いて居られた」。

出席記録からも左千夫の熱意は相当なもので、論戦ではたえず優勢なのに、肝心の作品による点の獲得がままならない。そこで左千夫は、門下の〈加勢〉を目論む。これについて佐佐木信綱は、『作歌八十二年』(毎日新聞社・昭和34年5月)のなかで、おそらく同じ目論見から与謝野寛が自分の周辺の若者を連れてこようと言い出し、信綱が自分も、と応ずると寛に制されてしまったと述べる。むろん、あまり快くない記憶なのだ。

たしかに歌会は鷗外の思いに適い、当代の代表的歌人たちを束ねる意味合いも生じていたと思う。それを支えるのは一同による正当で活発な歌評と、もうひとつは座談の充実だったであろう。そうあるはずの歌会であった。しかし、高得点獲得のために「らしくない」歌が少なからず飛び出し、そのことが座を盛り上げるというように、歌評は脇にそれがちであったとも想像できる。鷗外はたいへん愛想よく、誰の話にも熱心に耳を傾けていたようだが、活発な議論にせよ、もともと対立的であった〈流派〉の間では、ともすれば感情的な応酬につながる。

また、先に引いた茂吉の回顧のうちに、最初は盛んだった歌の話がだんだん少なくなり、一般文学や哲学論などになると、その相手は専ら木下杢太郎だったというくだりがある。逆にいうと、杢太郎以外、鷗外の相手になれなかったのでもあろう。西欧を知り、中国、日本いずれの文学にも通じ、知の巨人というべき鷗外に誰もが圧倒されつつ、歌会を主宰するに至ったその真意を測りかねていたのかもしれない。

とはいえ、歌会のあとは「立派な洋食」（啄木）でもてなされる。小金井喜美子『鷗外の思い出』（岩波文庫）によると、森家ではこれをレクラム料理と呼んでいた。「（兄は）会の度ごとに小さなレクラム本を繰返して、今度は何にしようか、と楽しんでいられました」というのだから、鷗外がドイツから持ち帰ったレクラム版の料理本だろうか。ある程度鷗外が指示をしてのことと想像するが、調理は洋食などひと口も食べられぬ母が当たり、自分は相談役だったとも述べている。材料をよく選び、本に忠実に作ったおかげか「立派な西洋料理、などといった人もありました」と書いているのは啄木のことであろう。鷗外にしてみれば隅々まで母の協力あっての歌会で、母思いの鷗外は心ひそかに母の出番、母の森家での存在感を喜ぶ思いがあったかもしれない。兄を敬愛する妹の協力もあった。喜美子は歌会の席には出ないが、当日はよく観潮楼に来ていたという。

四十二年二月六日の歌会に出席した平福百穂は、歌は詠まずにスケッチをした。鷗外が日記に「夜短詩会を催す。平福百穂始て来て会衆を見て写生す」と記したとおりで、その絵は「昴」第三号の裏表紙を飾った。「主人」すなわち鷗外の横には六歳の茉莉が大人たちと同じかがみこんだ姿勢で何やら書いている。寛、信綱、萬里らの名も見え、一同一心に歌作に打ち込んでいる構図で、歌会の雰囲気がそのまま伝わってくるスケッチである。そんな歌会が実現したことに満足そうな、と思わせる鷗外の表情も感じられる。

断片ながら歌会のありようについての記事に接してみると、観潮楼歌会はやはり鷗外だから可能であった発想、企画、実践であったと思うほかない。歌会は、それなりに歌人としての自負も欲求も満たし、自作を披露して評価されるかどうかというのも楽しみでないはずはない。門下に人材のあることを誇示する場にもなるが、そこには点数獲得の算段という切実な問題がまつわっていた。その意味での〈本気〉が、おそらく会を盛り上げていた。「あららぎと明星と」「二つのものを接近せしめようと思つて」という『沙羅の木』の序文がさして本心を語っていないことも、実際は「接近」どころではなかったこともよくわかるが、しかし、その過程で左千夫の歌風が変化して（乱れて）いったと茂吉が見ているところがなんとも興味深い。

鷗外の歌もまた変わっていった。たしかに変わったが、観潮楼歌会を主宰したことで変わったわけではない。新派に心を寄せて以降の観潮楼歌会を含めた試みと、元勲山県有朋への忠誠を具現したに等しい常磐会運営との狭間で、葛藤を抱えながら重ねた、その実作の軌跡を視野に入れることで見える変化であると思いたい。

明治四十一年九月といえば観潮楼歌会が活況を呈していた時期だが、有朋は「常磐会の選者に与ふる書」を書き、それに応えるかたちで鷗外は「門外所見」を呈した（本文「48　なかぞらに」の項参照）。どうみても有朋の短歌観に沿う（抵触しない）所見といえるが、そこにいう「発酵」の意味に、別の感想も覚える。「現在の発酵」の中から、いずれ命ある「新形式」が生まれ出るという期待と予測。そこには、おそらく鷗外の偽らぬ思い、明察というにふさわしい鷗外の真意があったのではなかろうか。

略年譜（満年齢による）

和暦（西暦）	歳	事項
文久二（1862）年		一月十九日（明治5年からの陽暦では2月17日）、石見国鹿足郡津和野町横堀に生まれる。森家は代々藩主亀井家の典医。十三世を継ぐ（吉次）静男と森みね（峰子。戸籍上は変体仮名でミ子）の長男。林太郎と名づけられる。
慶応三（1867）年	5歳	九月、弟篤次郎出生。また明治三（1870）年十一月に妹喜美子、明治十二（1879）年四月に弟潤三郎出生。学齢前に藩校養老館教授より論語の素読を受け、明治二（1869）年に藩校養老館に入学後は父や蘭医室良悦にオランダ語、蘭文典を学ぶ。
明治四（1871）年	9歳	亀井藩廃藩により養老館廃校。
明治五（1872）年	10歳	父と上京。神田小川町の西周邸に寄寓。本郷にてドイツ語を学ぶ。
明治六（1873）年	11歳	津和野より祖母、母、弟、妹が上京。十一月、万延元（1860）年生まれとした上で第一大学区医学校予科入学。
明治十（1877）年	15歳	医学校が東京大学医学部と改称、四等本科生となる。
明治十三（1880）年	18歳	漢詩、漢文のほか、福羽美静、加部厳夫に和歌を学ぶ。

明治十四（1881）年　19歳　七月、東京大学医学部卒業。

明治十七（1884）年　22歳　軍陣衛生学研究のためドイツに留学。

明治二十一（1888）年　26歳　九月八日帰国。九月十二日、エリーゼ・ヴィーゲルト来日、十月十七日まで滞在。陸軍大学校教官となる。

明治二十二（1889）年　27歳　三月九日、海軍中将赤松則良長女・登志子と結婚。八月『於母影』。十月「しがらみ草紙」、また医学雑誌を次々創刊。以降も医学界での役職着任を重ね、各紙誌への執筆、論争頻繁。

明治二十三（1890）年　28歳　一月、『舞姫』（「国民之友」）。八月、『うたかたの記』（「しがらみ草紙」）。九月十三日、長男於菟出生。登志子を離縁。

明治二十五（1892）年　30歳　千駄木町内で転居、観潮楼と名づける。祖母、父母同居。

明治二十六（1893）年　31歳　十一月、陸軍医学校長就任。

明治二十七（1894）年　32歳　八月、日清戦争勃発。同月、「しがらみ草紙」を廃刊。十月、第二軍兵站軍医部長として出征。

明治二十八（1895）年　33歳　四月、陸軍軍医監となる。五月、宇品に凱旋。

明治二十九（1896）年　34歳　一月、「めさまし草」創刊。四月四日、父静男死去。

明治三十二（1899）年　37歳　六月、第十二師団軍医部長に就任し、小倉へ赴任。

明治三十五（1902）年　40歳　一月、大審院判事荒木博臣の長女しげと結婚。三月、第一師団軍医部長就任、東京へ。九月、『即興詩人』刊行。十月、雑誌「万年草」創刊。

明治三十六（1903）年　41歳　一月七日、長女茉莉誕生。医学、文学ともに講義、講演多数。

明治三十七（1904）年　42歳　二月、日露戦争開戦、第二軍軍医部長に就任。

明治三十八（1905）年　43歳　陣中詠を「心の花」「明星」に寄せる。

明治三十九（1906）年　44歳　一月十二日、東京に凱旋。六月、山県有朋の意向を受けて常磐会を興し、賀古鶴所とともに幹事となる。七月十二日、祖母死去。八月、第一師団軍医部長、軍医学校長に復帰。十月、新詩社小集に出席。

明治四十（1907）年　45歳　三月、観潮楼歌会を主宰（～四十三年四月）。八月九日、次男不律誕生。九月、『うた日記』刊行。十一月、陸軍軍医総監、陸軍省医務局長に就任。

明治四十一（1908）年　46歳　一月十日、弟篤次郎死去。二月五日、次男不律夭折。

明治四十二（1909）年　47歳　一月、「明星」の後継雑誌「昴」が創刊され、顧問格で毎号執筆する（『半日』『ヰタ・セクスアリス』「椋鳥通信」連載など）。五月二十七日、次女杏奴誕生。

明治四十三（1910）年　48歳　二月、慶應義塾大学文学科顧問となる。『青年』（「昴」）『普請中』（「三田文学」）など旺盛に執筆。

明治四十四（1911）年　49歳　二月十一日、三男類誕生。五月、文部省文芸委員会の委員となる。八月、美術審査委員会委員、第二部主任となる。

明治四十五／　50歳　五月、与謝野晶子『新訳源氏物語』中巻の校正を担う。七月三

大正元（1912）年
十日、明治天皇崩御。

大正二（1913）年　51歳
一月、『阿部一族』（「中央公論」）、『ファウスト』をはじめ翻訳の出版多数。三月、国民美術協会理事となる。

大正三（1914）年　52歳
十月、博文館より贈られた武石弘三郎作の石像を庭に設置。同社が「文章世界」誌上で「文界十傑投票」を実施（明治44年）した折り、翻訳家部門の一位となったことの記念の石像であった。

大正四（1915）年　53歳
五月、『雁』。九月、『沙羅の木』刊行。

大正五（1916）年　54歳
三月二十八日、母峰子死去。四月、陸軍軍医総監・医務局長辞任。

大正六（1917）年　55歳
十二月、帝室博物館総長兼図書頭に就任。

大正七（1918）年　56歳
二月、『高瀬舟』。十一月三日、正倉院曝涼のため奈良へ（①）〜三十日。十二月四日より病臥〜十九日。

大正八（1919）年　57歳
八月六日、初孫となる於菟の長男誕生。眞章（まくす）と命名。十月三十一日、正倉院曝涼のため奈良へ（②）〜十一月二十二日。

大正九（1920）年　58歳
一月より腎臓病の兆候。十一月一日、正倉院曝涼のため奈良へ（③）〜二十二日。同月三日、二人目の孫となる茉莉の長子誕生。𣝣（じゃっく）と命名。

大正十（1921）年　59歳
十月三十一日、正倉院曝涼のため奈良へ（④）〜十一月二十二日。十一月、第二次「明星」創刊に関わり「古い手帳から」連載〜十一年七月。

大正十一（1922）年　60歳

一月「奈良五十首」（『明星』）。四月三十日、英国皇太子正倉院参観を迎えるため奈良へ～五月八日。現地で病臥す。萎縮腎、肺結核進行。七月六日、賀古鶴所に遺言を口述。七月九日午前七時、永眠。向島弘福寺に埋葬。昭和二年十月、三鷹禅林寺に改葬。

昭和二十九（1954）年七月十二日、「鷗外三十三回忌」（於・津和野）にて、鷗外の死因が実は肺結核であることを於菟が公表。

＊岩波書店『鷗外全集』第三十八巻「年譜」「著作年表」、別冊「太陽　森鷗外」略年譜等に基づき詩歌を中心に作成した。

解説　「歌人・森鷗外」——今野寿美

文豪・森鷗外は歌人でもあったのか？　翻訳でまず世に出たのではなかったか？　短歌なんて、残っているのか？

よくわかる問いである。でも、森鷗外は歌人であったし、翻訳より先に歌を学びそめ、かなり熱心に歌を詠む人であった。歌の贈答など、大いに楽しむ人でもあった。

では、どんな歌？　となると、目に入るのはおおかた明治期のアンソロジーなどに選ばれる「我百首」のうちの何首かくらいでしかないというように少々心許ないが、それは本文で引いた「菴没羅菓（あむらくわ）…」などで、作風でいえばかなり個性的である。わたしの記憶でも奇抜な印象がつよかった。その印象を塗り替えたのは、与謝野晶子に双子の女の子が生まれ、鷗外が名づけ親となって贈った一首にであったときだ。

むこ来ませ一人は山のやつをこえ一人は川の七瀬わたりて

晶子の長女と次女は、この歌によって八峰と七瀬と名づけられたのだった。この歌にいたく感銘を受けたわたしは、鷗外が歌人として源高湛を名乗っていたこと、この歌がなされてほどなく観潮楼歌会を主宰し始めたことへと興味が広がっていった。

歌人としての鷗外に接して、歌への執着の強さに驚き、さらに実際の鷗外の歌が、はっきりと変遷を見せていることに大きく心うごかされた。確固たる短歌観をもっていた人なのだ。それをつねづね披瀝する人でもあった。それらを追うなかで、圧倒的におもしろかったのが、与謝野晶子の歌に向ける鷗外の意識の変わりようだった。当初は視野の外。嫌悪、疑念、反発を経て、やがて真面目に向き合い始め、これはとなったらとことん読み、新しい表現法として受け容れ、摂取を試みるまでになる。十代から正統的な和歌の手並みを学び、自身には王朝以来の貴族的歌びとの血が流れていると信じて源姓を名乗っていたことを思えばコペルニクス的転回である。

時代は、和歌から短歌への過渡期であった。鷗外のいかにも変幻自在な、歌詠みとしての柔軟な姿勢、すべてを掌握しようとした意欲は、みずから広く示すだけの意味があるとみたのだろう。観潮楼歌会は、けして突発的な発想から生まれたものではない。

新派の歌を検分するとき、鷗外のそれはすこぶる精緻で、鋭い。たとえば与謝野晶子の歌を前に、当時の読者の多くはその恋愛表現に注目したが、鷗外はその素材や小道具というべき着物の染めやら和装の趣味のあれこれをいぶかしみ、解明せんとばかりに思案する。そのためにたいへんなエネルギーを費やすことも厭わない。晶子の表現の欲求が内面の何によってもたらされているのか、表層的な恋愛感情にとどまらない根本を知ろうとしたのであろうし、それは、実に明晰な、確かな読みであったとわたしは思う。したがって、鷗外は、きわめて優れた歌の詠み手であり、かつ読み手であった。

一方、正統派の歌の実践として、鷗外は観潮楼歌会を立ち上げる半年前に、親友の賀古鶴所と常磐会を発足させ、熱心に作品を重ねた。つまり、時期を同じくして、ずいぶんかけ離れた詠法の作品をなんでもないかのように、それぞれの歌会で詠んでいたのである。常磐会は、元勲山県有朋の意向を受けて立ち上げた歌会、つまり有朋を上に戴くかたちの歌会であった。参集者の誰にとっても、山県有朋はおそろしいほど絶対であったはずだが、軍医として政治的・社会的地位を上り詰めた鷗外にとって、その切実さには寸分の疑いも持ちようがない。

常磐会は十六年つづき、山県公が他界した当月の例会の日に、賀古と鷗外によって廃会が決められた。鷗外が世を去るわずか五ヵ月前のことであった。

常磐会の歌の、新しさの要素を見せ消ち的にとどめている様相に鷗外の葛藤の深さが知られるということもできようけれど、新派の歌の自在さをいつか発想の起点に取り込み、端正な叙述のうちにも新味を感じさせる歌が晩年になされていることを、一読者としてよろこびたい。

読書案内

岩波文庫『うた日記』1940年／2015年第5刷

岩波版『鷗外全集』に基づき、短歌の各句ごとの一字あきを施さず、総ルビを改めているが、それ以外は原典に忠実。巻末に、『うた日記』論というべき『陣中の竪琴』（1934年）の著者佐藤春夫が解説を添えている。

日本近代文学大系11『森鷗外集Ⅰ』角川書店1974年

『うた日記』を含め、収録作は総ルビ。短歌の各句ごとの一字空きはない。三好行雄による注釈、補注が詳しく、随所で『陣中の竪琴』など先行の解釈、理解に接することもできる。

岡井隆著『森鷗外の『うた日記』』書肆山田2012年

著者は『うた日記』を「奇書」と位置づける。直接には原典の挿絵の奇妙さへの反応なのだが、そんな直観的掌握に始まり、順不同、詩型の別なく、気ままに読み進めるなかで、破天荒ともいえる『うた日記』の作品像を立ち上がらせる。

岡井隆著『森鷗外の『沙羅の木』を読む日』幻戯書房2016年

『沙羅の木』収録の訳詩、戯曲、「我百首」のほか晩年の「奈良五十首」も対象として鷗外の詩歌を自在に飛び廻り、思索を広げる。作品が解明されるというよりは、その思索の広がりから、〈鷗外〉を知る上で数々の示唆を得る。

平山城児著『鷗外「奈良五十首」を読む』中公文庫2015年

鷗外の短歌を晩年の「奈良五十首」に限定して詳細に読み解く。鑑賞の色合いを極力排し、寺社、仏教、大正期の世相、文化、鷗外の生活環境など作品の背景からの解明に徹する。

山崎一穎著『森鷗外 国家と作家の狭間で』新日本出版社2012年

他のジャンル以上に、短歌には作家の素顔が表れる。ただ、それを正しく知り、味わうためには、精神の深層にまで分け入って作家の人生を伝える書を傍らに置きたい。その意味で最も読みやすく、詩歌を含めた作品の鋭い読み解きが大いに参考になる一冊。

小金井喜美子著『鷗外の思い出』岩波文庫1999年/2014年第5刷

妹の目に映った鷗外の姿が親しみやすい文章で語られ、青年期からの鷗外像を思い描くに恰好の随想集。森家の命運をかけるに等しかった長子林太郎に父母、祖母がどのように接していたかなど、鷗外の人格、内面形成についておのずと知ることができる。

別冊太陽 日本のこころ193 山崎一穎監修『森鷗外』平凡社2012年

豊富な写真が美しく、鷗外の数々の筆跡も鮮明。鷗外という巨人をヴィジュアルに伝える読み物として抜群におもしろい。鷗外の軌跡をたどるプロットがわかりやすく、解説も楽しめる。

大塚美保著『鷗外を読み拓く』朝文社2002年

傑出した知識人・鷗外が、いかにも未熟な日本の近代を生きる姿を浮き彫りにした論文集。最終章の「松本清張『或る「小倉日記」伝』―〈作者の意図〉を越えて―」では、小説中で鷗外の妻が詠んだとされている歌が『うた日記』中の一首であることを指摘して作家の方法論解析を補強するなど、その手際が鮮やか。

【著者プロフィール】

今野寿美（こんの・すみ）

1952年東京都生。歌人。
1977年第25回角川短歌賞受賞。
『さくらのゆゑ』まで十歌集がある。
主要著書
『わがふところにさくら来てちる―山川登美子と「明星」―』（五柳書院）
『24のキーワードで読む与謝野晶子』（本阿弥書店）
『歌がたみ』（平凡社）
『短歌のための文語文法入門』（角川学芸出版）

森鷗外（もり おうがい）　コレクション日本歌人選 067

2019年2月25日　初版第1刷発行

著者　今野寿美

装幀　芦澤泰偉

発行者　池田圭子

発行所　笠間書院

〒101-0064　東京都千代田区神田猿楽町2-2-3

NDC分類911.08　電話03-3295-1331 FAX03-3294-0996

ISBN978-4-305-70907-3

本文組版：ステラ　印刷／製本：モリモト印刷

乱丁・落丁本はお取り替えいたします。　（本文用紙：中性紙使用）

出版目録は上記住所またはinfo@kasamashoin.co.jp までご一報ください。

コレクション日本歌人選　第Ⅰ期〜第Ⅲ期　全60冊！

第Ⅰ期　20冊　2011年（平23）2月配本開始

1 柿本人麻呂　かきのもとのひとまろ　高松寿夫
2 山上憶良　やまのうえのおくら　辰巳正明
3 小野小町　おののこまち　大塚英子
4 在原業平　ありわらのなりひら　中野方子
5 紀貫之　きのつらゆき　田中登
6 和泉式部　いずみしきぶ　高木和子
7 清少納言　せいしょうなごん　圷美奈子
8 源氏物語の和歌　げんじものがたりのわか　高野晴代
9 相模　さがみ　武田早苗
10 式子内親王　しょくしないしんのう（しきしないしんのう）　平井啓子
11 藤原定家　ふじわらていか（さだいえ）　村尾誠一
12 伏見院　ふしみいん　阿尾あすか
13 兼好法師　けんこうほうし　丸山陽子
14 戦国武将の歌　綿抜豊昭
15 良寛　りょうかん　佐々木隆
16 香川景樹　かがわかげき　岡本聡
17 北原白秋　きたはらはくしゅう　國生雅子
18 斎藤茂吉　さいとうもきち　小倉真理子
19 塚本邦雄　つかもとくにお　島内景二
20 辞世の歌　松村雄二

第Ⅱ期　20冊　2011年（平23）10月配本開始

21 額田王と初期万葉歌人　ぬかたのおおきみ　しょきまんようかじん　梶川信行
22 東歌・防人歌　あずまうた　さきもりうた　近藤信義
23 伊勢　いせ　中島輝賢
24 忠岑と躬恒　みぶのただみね　おおしこうちのみつね　青木太朗
25 今様　いまよう　植木朝子
26 飛鳥井雅経と藤原秀能　まさつね　ひでよし　稲葉美樹
27 藤原良経　ふじわらのよしつね（りょうけい）　小山順子
28 後鳥羽院　ごとばいん　吉野朋美
29 二条為氏と為世　にじょうためうじ　ためよ　日比野浩信
30 永福門院　えいふくもんいん（ようふくもんいん）　小林守
31 頓阿　とんな（とんあ）　小林大輔
32 松永貞徳と烏丸光広　ていとく　みつひろ　高梨素子
33 細川幽斎　ほそかわゆうさい　加藤弓枝
34 芭蕉　ばしょう　伊藤善隆
35 石川啄木　いしかわたくぼく　河野有時
36 正岡子規　まさおかしき　矢羽勝幸
37 漱石の俳句・漢詩　神山睦美
38 若山牧水　わかやまぼくすい　見尾久美恵
39 与謝野晶子　よさのあきこ　入江春行
40 寺山修司　てらやましゅうじ　葉名尻竜一

第Ⅲ期　20冊　2012年（平24）6月配本開始

41 大伴旅人　おおとものたびと　中嶋真也
42 大伴家持　おおとものやかもち　小野寛
43 菅原道真　すがわらみちざね　佐藤信一
44 紫式部　むらさきしきぶ　植田恭代
45 能因　のういん　高重久美
46 源俊頼　みなもとのとしより（しゅんらい）　高野瀬恵子
47 源平の武将歌人　上宇都ゆりほ
48 西行　さいぎょう　橋本美香
49 鴨長明と寂蓮　ちょうめい　じゃくれん　小林一彦
50 俊成卿女と宮内卿　しゅんぜいきょうじょ　くないきょう　近藤香
51 源実朝　みなもとのさねとも　三木麻子
52 藤原為家　ふじわらためいえ　佐藤恒雄
53 京極為兼　きょうごくためかね　石澤一志
54 正徹と心敬　しょうてつ　しんけい　伊藤伸江
55 三条西実隆　さんじょうにし　さねたか　豊田恵子
56 おもろさうし　島村幸一
57 木下長嘯子　きのした　ちょうしょうし　大内瑞恵
58 本居宣長　もとおりのりなが　山下久夫
59 僧侶の歌　そうりょのうた　小池一行
60 アイヌ神謡ユーカラ　篠原昌彦

篠　弘

●伝統詩から学ぶ

　啄木の『一握の砂』、牧水の『別離』、さらに白秋の『桐の花』、茂吉の『赤光』が出てから、百年を迎えようとしている。こうした近代の短歌は、人間を詠みうる詩形として復活してきた。しかし、実生活や実人生を詠むばかりではなかった。その基調に、己が風土を見つめ、豊穣な自然を描出するという、万葉以来の美意識が深く作用していたことを忘れてはならない。季節感に富んだ風物と心情との一体化が如実に試みられていた。

　この企画の出発によって、若い詩歌人たちが、秀歌の魅力を知る絶好の機会となるであろう。また和歌の研究者も、その深処を解明するために実作を始められてほしい。そうした果敢なる挑戦をうながすものとなるにちがいない。多くの秀歌に遭遇しうる至福の企画である。

松岡正剛

●日本精神史の正体

　和泉式部がひそんで塚本邦雄がさんざめく。道真がタテに歌って啄木がヨコに詠む。西行法師が往時を彷徨して寺山修司が現在を走る。実に痛快で切実な組み立てだ。こういう詩歌人のコレクションはなかった。待ちどおしい。

　和歌・短歌というものは日本人の背骨であって、日本語の源泉である。日本の文学史そのものであって、日本精神史の正体なのである。そのへんのことはこのコレクションのすぐれた解説を読まれるといい。

　その一方で、和歌や短歌には今日のメールやツイッターに通じる軽みや速さや愉快がある。たちまち手に取れるし、目に綾をつくってくれる。漢字・旧仮名・ルビを含めて、このショートメッセージの大群からそういう表情をぞんぶんにも楽しまれたい。

コレクション日本歌人選　第Ⅳ期

第Ⅳ期　20冊　2018年（平30）11月配本開始

No.	書名	読み	著者
61	高橋虫麻呂と山部赤人	たかはしのむしまろとやまべのあかひと	多田一臣
62	笠女郎	かさのいらつめ	遠藤宏
63	藤原俊成	ふじわらしゅんぜい	渡邉裕美子
64	室町小歌	むろまちこうた	小野恭靖
65	蕪村	ぶそん	揖斐高
66	樋口一葉	ひぐちいちよう	島内裕子
67	森鷗外	もりおうがい	今野寿美
68	会津八一	あいづやいち	村尾誠一
69	佐佐木信綱	ささきのぶつな	佐佐木頼綱
70	葛原妙子	くずはらたえこ	川野里子
71	佐藤佐太郎	さとうさたろう	大辻隆弘
72	前川佐美雄	まえかわさみお	楠見朋彦
73	春日井建	かすがいけん	水原紫苑
74	竹山広	たけやまひろし	島内景二
75	河野裕子	かわのゆうこ	永田淳
76	おみくじの歌	おみくじのうた	平野多恵
77	天皇・親王の歌	てんのう・しんのうのうた	盛田帝子
78	戦争の歌	せんそうのうた	松村正直
79	プロレタリア短歌	ぷろれたりあたんか	松澤俊二
80	酒の歌	さけのうた	松村雄二